梧轩艺谈录

朱万章 著

南方出版传媒
花城出版社
中国·广州

图书在版编目（ＣＩＰ）数据

梧轩艺谈录 / 朱万章著. -- 广州 : 花城出版社,
2018.1
（书蠹丛书）
ISBN 978-7-5360-8486-5

Ⅰ. ①梧… Ⅱ. ①朱… Ⅲ. ①小品文－作品集－中国
－当代 Ⅳ. ①I267.3

中国版本图书馆CIP数据核字 (2017) 第264599号

出 版 人：詹秀敏
责任编辑：文 珍 周 飞 周思仪
技术编辑：薛伟民 凌春梅
封面设计：禮孩書衣坊
LI HAI BOOKSTORE

书　　名	梧轩艺谈录 WU XUAN YI TAN LU
出版发行	花城出版社 （广州市环市东路水荫路11号）
经　　销	全国新华书店
印　　刷	恒美印务（广州）有限公司 （广州南沙经济技术开发区环市大道南路334号）
开　　本	787毫米×1092毫米　32开
印　　张	5.375　10插页
字　　数	93,000字
版　　次	2018年1月第1版　2018年1月第1次印刷
定　　价	35.00元

如发现印装质量问题，请直接与印刷厂联系调换。
购书热线：020－37604658　37602954
花城出版社网站：http://www.fcph.com.cn

目 录

梧轩之缘（代序） ……………………… 1

吴派南天有梁孜 ………………………… 1
明人笔下的葫芦 ………………………… 8
遗民画风与新安逸韵 …………………… 12
隶书复兴与陈恭尹 ……………………… 17
"牡丹状元"黎美周 …………………… 25
谢兰生兼擅书法 ………………………… 31
梦幻居中一画痴 ………………………… 36
海虞画苑观略 …………………………… 40
居派画风溯源 …………………………… 44
黄宾虹写《蒹葭图》 …………………… 49
天风楼的兴衰 …………………………… 55
"南张北溥"与文人画 ………………… 59
蔡守与《蒹葭楼图》 …………………… 65

诗僧苏曼殊的画迹 ……………………………………… 71

陈树人与自然美 ……………………………………… 78

新国画运动与方人定 ………………………………… 81

吴子复书画兼擅 ……………………………………… 84

不该被遮蔽的美术个案 ……………………………… 94

苏卧农与画坛革新 …………………………………… 97

怀念启功 ……………………………………………… 101

纯任自然的谢稚柳书札 ……………………………… 106

苏庚春的"法眼" …………………………………… 110

马国权书画篆刻浅议 ………………………………… 116

学者之书与文人之画 ………………………………… 123

说不尽的吴冠中 ……………………………………… 128

高居翰画史印记 ……………………………………… 132

阅读傅抱石 …………………………………………… 135

文人画新解与现状 …………………………………… 141

区域与主流之间 ……………………………………… 150

后　记 ………………………………………………… 163

梧轩之缘 （代序）

　　忆未出蜀时，家中宅院，遍种梧桐树木。及至仲夏，绿树成荫，凉风习习。于是梧荫消夏，便成少年美事。后离乡背井，辗转南北，梧影渐远，而梧桐之恋挥之不去，长驻心间。以故穗城寓所，便有聚梧轩之谓，一时名流如杨仁恺、苏庚春、马国权、傅申、王玉池、陈永正等均题写匾额，以增陋室之光。癸巳夏杪，余北上供职，为使梧荫不弃，遂名京华之寓所为梧轩，以别于岭南者。近日读书，竟见王叔明有双梧轩，明人卞文瑜有《一梧轩图》，而南田翁亦有梧竹书堂，清人徐兆英有梧竹轩、周昂有据梧轩、许壮秋有碧梧轩等。爱梧之心，遥遥相契于数百载，亦可谓隔世之缘。后再检索，以"梧"字命其斋室者，何止于此，古往今来，洋洋数十人，亦可见梧桐之魅力所在。《诗经》有"凤凰鸣矣，于彼高岗，梧桐生矣，于彼朝阳"之谓，或为文人钟情之故。而此书之文，则多于梧轩中品茗谈艺之作，故名，以博读者方家一哂。

二〇一六年二月十一日

眉山学人朱万章补记于穗城之意居室

吴派南天有梁孜

明代中期以沈周、文徵明、唐寅、仇英为代表的"吴门画派"在中国绘画史上盛极一时，远至江浙之外的岭南画坛也明显有着很深的烙印。明代中后期的岭南山水画家中，张誉、彭伯时、梁孜、黎遂球、梁继善、黎民表、黎民怀、梁梿、区亦轸、朱厓、欧大章、吴旦、高俨和释深度等人均受其影响。在以往的认识中，对晚明岭南画家所表现出的吴门画风大多着意于画家的传移摹写，至于画家是否得其艺术师承则由于史料的阙如而从未作进一步探究。

从《钦定四库全书》中收录的梁孜好友王世贞（1526—1590）文集以及《四库全书存目经部》中可知，梁孜生在明正德己巳（1509），卒在万历癸酉（1573），年仅六十有五。他字思伯，别号罗浮山人，广东顺德人，与王世贞、潘纬、童佩、李茂材、梁有誉、黎民表、欧大任等交善，乃大学士梁储（1451—1527）之孙，以荫补中书舍人。

关于梁孜的生平史迹，历来鲜为人知，虽然在《明画录》《盛明百家诗》《明诗纪事》《岭南画征略》《广东通志》《顺德县志》《广州人物传》等典籍中均记载其小传，但只言片语，未窥全豹。近来读时人王世贞的《四部续稿》，知道梁孜曾游于文徵明门下，并得到文徵明赞赏。文氏"大奇之"，认为诗书画三绝非梁孜莫属。现在已无法考究当时文氏讲此话之历史语境，但从此言中至少可以看出梁孜在吴门地区活动，并有一定影响。梁孜和当时吴中地区的文坛盟主王世贞一直保持着非常友好的关系，二人不仅有书信往还、诗酒唱酬，在梁孜故去后，王氏还亲自为其撰写墓志铭。此外，梁孜的祖父是当时颇具影响的政坛风云人物——文康公梁储，这使得他能得其荫惠而融入主流文坛中。所有这些无不表明，梁孜在当时以岭南人身份进入主流画坛。这一点可以说和早前供职于宫廷之中的花鸟画家林良、山水画家何浩等前后辉映，成为明代广东画坛的又一亮点。

在梁孜交游圈中，另有一人也是非常重要的。他就是以诗文和书法著称的潘纬。潘纬字象安，安徽歙县人，长于篆隶、诗歌，和梁孜一起供职中书舍人，在当时文坛有一定影响，有《潘象安诗集》行世。梁孜和其一起参加诗社，唱和无间。他还为潘氏刊刻诗集《社栎斋三咏》，并在隆庆三年（1569）为该诗集作序。在梁氏行世的少量诗歌中，其中就有一首是《送潘象安归省》，潘氏则有《太仆王仪甫、舍人许稚干、梁思伯、山人童子鸣、洪从周、康裕卿、管建初饯别作》《梁太学故相文康公孙将叩阙请恩低回久之怅然别去有赠》等诗赠之，其中后者云"居然贤相后，自是凤凰毛。故旧无优孟，何人似叔敖？君恩三世远，天听九重高。且抱遗经去，承家望尔曹"，显示出对梁孜的崇敬之意及不舍之情，论者谓此诗"无限感恻"，应是比较中肯的评价。梁孜与这些颇具影响的文人交游无疑使其成为当时主流文坛的一分子，当考察其艺术时，自然已不应再拘泥于区域美术。

梁孜一生的艺术活动集中在以"吴中"与"都门"为代表的主流文化圈。后来他以事返广东，并随身携带江南牡丹返乡。在故里，梁孜对牡丹悉心培植，因而枝繁叶茂，鲜花盛开。由于岭南向无牡丹（多从岭外移植），故梁孜不服其习性，因而终以花粉过敏染恙，后来几经延医，终无药可治，世人为之扼腕。

梁孜以书画诗文鸣于世，著有《梁中舍集》一卷，并编有《郁洲遗稿》（梁储诗文集）。从记载可知，梁孜是一个甚为豪放的文人，游弋于诗酒书画之中："性好客。客至则谈，谈久则酒，酒半则诗，诗成则书，书所不尽则画"，"人以为有唐风"，"谈及国家典故、前辈文献，缅缅若按谱"，"故益得士大夫声"。这一点与吴门画派的开派人物唐寅有惊人的相似之处。在诗歌方面，梁孜取法中唐，在岭南文学史上占有一席之地，近人陈融（颙庵）在《读岭南人诗绝句》中咏之："日边花事费评量，触目权门意自伤。白阁独吟诗太苦，南园梅讯梦魂香"，可从侧面说明其诗风。至于书画方面，王世贞认为他的画宗法董源、吴仲圭，并且"杂得文氏三之一"，书法则取法王羲之、赵孟頫和文徵明。

由于梁孜书画作品传世极少，因此现在已无从全面了解其艺术风格。即便如此，从一些书画文献和传世画迹中亦可探悉其艺术风貌。在清人《佩文斋书画谱》《天水冰山录》《诸家藏画簿》《珊瑚网画录》等书画著录中，均记载梁氏山水和花草作品，说明梁氏是以山水和花草擅长的。

他的传世作品，笔者所见有广东省博物馆藏山水长卷一帧。该卷乃绢本墨笔，纵32厘米、横267厘米。作者款识曰"嘉靖乙卯季春廿五日，浮山人梁孜制"，钤白文长方印"浮山"和朱文联珠印"梁""孜"。据此则此画作于1555年，梁氏时年四十有七。鉴藏印有朱文长方印"岳雪楼记"和"孔氏鉴定"，白文长方印"岳雪楼"，朱文方印"吴荣光印""吴氏筠清馆所藏书画""岳雪楼记"及白文方印"少唐心赏"，则此画曾经粤东书画鉴藏家吴荣光（1773—1843）、孔广陶（1832—1890）递藏。此画辗转流落沪上，为朵云轩所收藏，后为广州集雅斋征集，经书画鉴定家苏庚春（1924—2001）推荐，由广东省博物馆购藏。从画面风格可以看出，此画完全是宗法文氏一路，并参以董、巨，兼具粗犷之意境，乃吴派嫡传。该画所写山石多为粗笔，以披麻皴法渲染，并缀以点苔。树木则较为细致，江岸辽阔，辅以小桥、茅屋、轻舟、沙渚以及山间小路上之行旅、拱桥上依依惜别之高士，是明人山水中常表现的江岸送别一类的题材。所画山水，在南派风格之外，在一些陡峭的山石上偶尔可见斧劈之痕，说明梁孜在山水上转益多师的艺术探索。

在此，不妨与代表文徵明典型风格的《沧溪图卷》（北京故宫博物院藏）和《赤壁图卷》（翁同龢家族藏）相比较，可以看出梁氏之师承及其与文氏画风之异同。从技法上，梁作所画山水粗狂且略显简约，他善于运用墨色的深浅浓淡来表现山石，留白处给人以无限的空旷与遥远之感。整幅画作有临摹之痕；文氏山水在粗笔中辅以细笔，构图较为缜密，以浅绿和浅绛设色来渲染画境，山势连绵起伏，给人以充实与无限的遐想空间，画作表现出明显的自家风格。从意境上，梁作在文人画中略显匠气，而文作则淋漓尽致地表现出一种文人的笔情墨趣。当然，梁孜毕竟师出文氏之门，在技法与意境上不及其师是正常的。即使如此，仍然可以看到作为文徵明的弟子，梁孜在山水画中所表现出的杰出才能。

梁孜另有山水图一卷传世，据说收藏在北京某文物单位，可惜未能得睹其画，引以为憾。

此外，在北京故宫博物院藏宋人马远的《十二水图》后，有梁孜观款曰"隆庆壬申冬日，罗浮山人梁孜借阅于小远堂"，并无钤印。"隆庆壬申"为1572年。据此可知，梁孜曾观摩宋代名画，或可为其绘画师承找到注脚。梁孜生平事迹和画迹的最新发现，无疑对了解吴门画派的影响、岭南绘画的渊源及多元化发展具有重要学术价值。相信在史料的挖掘以及书画墨迹的发现方面，对于梁㞧艺术还有很多可探讨的空间。这种带有考古性质的美术史研究，很显然将成为今后学界努力的方向之一。

明人笔下的葫芦

葫芦题材之绘画，在清代以降，隶属于花鸟画中蔬果一科。但在宋元明时期，则多附属于人物画中，举凡道释、高士或行乐图，多有葫芦作为配饰者。此时葫芦之功能，多为容器或法器，且均为画面之配角，不足以登大雅之堂。即便如此，亦可看出作为边缘画科的早期葫芦画嬗变历程。

明代画家中，以葫芦入画者，几乎均为人物画家，大致有戴进（1388—1462）、张翀、黄济、刘俊、万邦治诸家。除此之外，亦不乏一些佚名画家。

戴进和刘俊所绘均以刘海戏蟾为主题。戴进所绘为《二仙图》（广东省博物馆藏），以刘海与铁拐李入画。刘海衣衫褴褛，手举大蟾，腰间悬挂两只葫芦，赤脚与铁拐李行走于山间。刘俊所绘为《刘海戏蟾图》（中国美术馆藏），刘海手捧金蟾，右肩悬挂一葫芦，行走于波涛汹涌之水面。前者所绘之刘海具野逸之气，后者则具富贵之气。无论野逸、富贵，刘海均憨态可掬，开怀于天地间，表现出豁达、超然之态。

戴进为"浙派"领军人物，以山水见长，兼擅人物，"神像人物杂画无不佳"（《明画录》卷二），画风粗犷，颇具野趣；刘俊曾于成化、弘治间供奉内廷，官锦衣都指挥，"山水人物俱能品"（《无声诗史》卷六），画风工整细腻，受南宋院画影响尤甚，具皇家气象。戴进之作并无款识，只钤三印：一为朱文长方印"东吴"，一为朱文方印"静庵"，一为白文方印"赏音写趣"。刘俊则只署穷款"刘俊"。二者均为职业画家，代表明代早、中期"浙派"和院画风格。两人所绘葫芦均为大丫腰葫芦，美观实用。刘海戏金蟾的故事在民间可谓家喻户晓，他在八仙中被尊为能给人带来钱财、子嗣的吉祥神。所以，在其出场时总是葫芦伴身，寓意驱邪纳福。葫芦是刘海的标准配饰，既是法器，也是容器，但更多还是一种吉祥的象征。所以，在其画像中总是如影随形，成为仅次于金蟾之外的法物。

同样的葫芦配饰也出现在明代画家黄济和张翀的人物

画中。黄济的《砺剑图轴》（北京故宫博物院藏）中所绘葫芦是朱葫芦，朱砂有驱邪之意，画中有一缕青烟飘入葫芦中，很明显，这里的葫芦是一种法器，有降妖伏魔之功能。黄济是明代早中期的宫廷画家，官直仁智殿锦衣镇抚，该图款识为"仁智殿锦衣镇抚三山黄济写"，钤"克美"和"日近清光"二印。张翀的《散仙图》（广东省博物馆藏）所绘葫芦亦悬挂于腰间，从作者的题诗可看出画中主人之神仙身份："早披内景爱玄虚，遂向仙官配羽衣。谒帝中宵升紫府，课经清昼掩松扉。洞边旧说青牛度，鼎内今看紫雪飞。花甲初周还更转，长生应是得真机。"葫芦也是仙人的法物，上面有数斑点，显示其已具有一定的年代。《图绘宝鉴续纂》称其人物"着色古雅，得人物之正传，而又不俗，时人故争重之"，从此图之赋色及格调可看出此评是很有道理的。

而在画院画家万邦治的《醉饮图卷》（广东省博物馆藏）中所描绘的葫芦则与高士们的其他行装如古琴、酒瓮、画卷、围棋、书籍等一样胡乱放置于地上，高士们则醉态百出，唯有书童提着酒壶周旋于人群中。这里的葫芦或为酒器，与上述之法器一样，都是画中主人不可或缺之重要配件。

10

在明代一些佚名画家的作品中也偶尔可见葫芦画作，《渔樵雪归图》和《村女采兰图》（均藏于北京故宫博物院）可算一例。前者描绘渔夫和樵人冒雪行于山间小桥上，渔夫肩扛渔具，樵人背托树枝，而树枝旁则挂着一葫芦；后者描绘一村姑山中采兰，而腰间悬挂两只葫芦。两画所绘之葫芦均为容器功能。从画风看，前者用笔粗率，山石、树干似有"浙派"之风，当为明代早中期作品；后者兼工带写，似为职业画家所为。

当然，明代以葫芦为题材的画作还有很多，此不一一赘述。值得注意的是，在明代早中期出现的葫芦画中，画家多供奉内廷或多为职业画家。他们所绘之葫芦均为写实一路。而在当时的文人画家中，几乎找不到葫芦的影子。这就说明，葫芦题材的绘画，因其特有的吉祥寓意、驱邪和实用功能，更多地被普通民众和专业画家所接受，而专门反映画家笔情墨趣和文人情思的文人画，似乎对葫芦题材并无兴趣。很显然，这与清代以来的文人画坛，应该说是迥然有别的。

遗民画风与新安逸韵

清人张庚《浦山论画》云："画分南北，始于唐世。然未有以地别为派者，至明季方有浙派之目。"自此，绘画以地域为派别者，层出不穷。画人同处一地，习俗、背景、技艺、师承等大致相近又相互影响，画风相对统一，因而形成画派。新安之地亦然，正如张氏所云："自渐师以云林法见长，人多趋之，不失之结，即失之疏，是亦一派也。"

"新安"辖境，含今之歙县、休宁、祁门、绩溪、黟县和婺源诸地。新安画派，远以倪（云林）黄（公望）为宗，近受里人詹景凤、丁云鹏、汪肇、程嘉燧、李永昌、杨明时、郑重诸家熏染。他们从古人得径，以造化为师，是元明以来的文人画正宗。他们的代表画家在政治上消极

弘仁《山水图》 纸本墨笔 28×16.5厘米
广东省博物馆藏

遁世，不食周粟；画风简淡疏远，格调高雅野逸，意境荒寒萧疏，具典型的遗民情结；同时，受到徽州民间版画艺术影响，画中带抽象的装饰意趣。

新安画派以俗称"新安四家"（亦称"海阳四家"）的查士标、孙逸、汪之瑞和渐江为中坚。四家中，又以渐江为首。渐江集采众家之长，从真山真水中寻求灵性，形成简练冷峭、意境幽深的画风，当时江南人以有无其画定雅俗；查士标能得云林遗韵，王石谷谓其"幽涧淡逸之韵，冷然与尘凡绝矣"；孙逸之画笔墨沉静幽雅，境界疏朗淡远，论者谓其乃"文徵明后身"；汪之瑞运用枯笔焦墨作背面山，气格高洁，笔简而意老。四家均能诗擅画，品格高洁，文人趣味浓厚。他们的画风构成了新安画派的主色。

四家之外，程邃、戴本孝可谓新安画派之集大成者。程氏擅用渴笔，以山水为宗，黄宾虹评其画有"干裂秋风，润含春雨"之趣；戴氏善画黄山实景，以枯笔写元人法，墨色苍浑，山树模糊，意境深邃。江注、吴定、祝昌和姚宋被称为渐江的四大弟子。江注乃渐江侄，其画不事皴染而生意盎然；吴定尝写唐宋以来诸家作品为图谱，示人以门径；祝昌以笔墨寓意烟霞，画绕逸致；姚宋多才多艺，于山水、人物、花鸟、虫鱼等无所不工。此外，郑旼画风

14

冷寂简逸，吴山涛介于简逸与细密之间，汪家珍与汪之瑞、孙逸齐名，吴叔元笔力苍润，黄织以画石知名，不用渲染而凸凹自具，何文煌乃查士标弟子，笔意超逸，吴龙能得沈周遗意……均以各自笔调自鸣天籁。他若方式玉、王尊素、黄瑚、黄文、汪朴……均各有建树，成为新安画派的生力军。

值得注意的是，歙县籍的汪后来流寓广东番禺，将新安画风传至岭南，为广东画坛注入新的活力。其艺术得到弟子邓堂、林云轩、黄千里、张静轩、苏南瞻、周西峰、雷凝道的传承，影响较广。

与新安画派相颉颃于皖南之画派尚有以梅清为首的"宣城派"、以萧云从为首的"姑熟派"和以方以智为首的"桐城派"。梅清写山水得烟云变化之妙，传其衣钵者有从子梅磊、侄孙梅南、梅庚、梅种、梅蔚、梅翀等；萧云从山水由细密而至疏放，画笔清快简洁，笔意清疏韵秀，其弟云倩，犹子一芸，其子一旸、侄一荐和一箕（称"三萧"），以及韩铸、孙据德、释海涛、工履端、潘士球、陈延、方兆曾等均能得其神似；方以智在清初遗民中享有很高的声望，曾经远涉岭南，其画风古拙荒寒，在皖南影响甚巨。三派与新安画派一样，代表画家均为遗民，画风极

15

为接近，反映出清初画坛之野逸风尚。

　　明末清初的朝代更替，不仅没有带来艺术的停滞不前，反而促进了艺术的繁荣。这是一个非常奇特的现象。明末清初的书画和文学、理学等众多人文学科一样，出现了又一次罕见的高峰。政治的动荡与社会的不稳定，往往给文化思想制造很多自由发展的空间，中国历史上无数次思想活跃的历史无不证明了这一点。明末清初是被称为"天崩地坼"的动乱年代，明末的党同伐异、清初的改朝换代，政治、经济、军事等诸方面出现的"乱"成为文化"治"的诱因，异族的统治不仅没有削弱汉文化的主导地位，反而在客观上促进了文化的兴盛，史学家谢国桢甚至称这一时期是可以和先秦诸子百家、魏晋哲学、宋元理学等并驾齐驱的"文艺复兴时期"。很显然，这种总体的文化兴盛必然影响到书画的发展。新安画派及其画家群的艺术活动便折射出这一特殊的人文景观。易代之际的悲凉、幽寂转化为疏放、淡逸的绘画语言和放浪山水、平淡天真的人文精神，这就是新安画派留给后人的最直接的艺术体验。

隶书复兴与陈恭尹

有清一代，岭南以擅写隶书名世者，陈恭尹为第一人。

陈恭尹（1631—1700），字元孝，初字半峰，晚号独漉，别署独漉子、罗浮布衣，广东顺德龙山乡人。其父陈邦彦（1603—1647），与张家玉（1615—1647）、陈子壮（1596—1647）并称"岭表三忠"，清兵入粤，力战被执，不屈死。陈恭尹年十五补诸生。清顺治四年（1647），其父就义，陈恭尹时年十七，出走增城避难。清顺治五年（1648），南明桂王朱由榔立都肇庆，翌年，陈恭尹上书陈父殉难状，得赠兵部尚书，世袭锦衣卫指挥佥事。七年（1650），避兵居于西樵；九年（1652），从福建至江西，再到杭州，次年，赴苏州。十一年（1654），复归广州。后广州再破，复逾岭外，足迹遍及福建、浙江、江苏、江西、湖南、湖北、河南及西南等地。晚年，陈恭尹归住广州城南，筑室小禺山舍，与何衡、何绛（1626—1712）、梁槤、陶璜诗酒往还，潜心诗书，五人并称"北田五子"。

陈恭尹像
选自《清代学者像传》

退隐山林的陈恭尹与当时文坛和政界名流均有交游。清康熙六年（1667），陈恭尹有诗赠姚启圣；十四年（1675），南昌彭士望来广州，陈恭尹与其订交；二十年（1681），吴兴祚督粤，陈恭尹与其唱和极多，同年，广东提学道陈省斋（名肇昌）亦有赠诗；二十四年（1685），王士禛（1634—1711）奉使祭告南海，陈恭尹与其唱和于广州光孝寺；三十二年（1693），朱彝尊（1629—1709）来广州，陈恭尹与其饮于光孝寺，并有诗唱和；次年，有诗赠与时任琼州昌化县令的常熟陶元淳；三十四年（1695），与画僧大汕（1633—1705）有诗歌唱酬。至于和广东的诗人（或画家）如张穆（1606—1687）、陈子升（1614—1691）、屈大均（1630—1696）、高俨、梁佩兰（1630—1705）、王邦畿、何衡、何绛、梁梿、陶璜等人的诗文唱酬更是比比皆是。据此可知陈氏于鼎革后在文坛活动之一斑。

陈恭尹以诗擅名，与屈大均、梁佩兰并称"岭南三家"，有《独漉堂文集》《独漉堂诗集》行世。陈恭尹之诗，深得时人好评。王士祯、赵执信（1662—1744）来广东，于广州诗人中尤推重陈恭尹。王士祯称"其诗清迥拔俗，得唐人三昧"，赵执信称其诗"古体泛滥于元祐以还，近体侵乎大历以上"，甚至有论者将其称为"今之杜甫"，给予极高评价。在清初岭南诗坛，陈恭尹可谓别树一帜。

陈恭尹兼擅书法，行草、分隶均工，尤以分隶之风神独具而为人称道。

陈恭尹的隶书胎息于汉碑，得力最多者当属《夏承》《曹全》两碑。《曹全》之秀逸、《夏承》之灵动构成其隶书的主要风格。他能以瘦逸遒劲之笔，力避唐以来呆板屠弱之习，又不为汉碑所囿，在当时广东书坛，应是极具开拓性的。但由于受条件限制，当时所能见到的汉碑不多，不似乾嘉以后金石学、小学的兴盛，可资书家参照临摹的品物那样丰富，因而眼界不阔而无法博采众家之长。现在

陈恭尹《隶书七言诗轴》
广东省博物馆藏

见到他的传世隶书，风格上基本没多大变化，可明显看出这一局限。

"岭南三家"中，陈恭尹的书迹相对于屈大均、梁佩兰来说传世较多。北京故宫博物院、中国国家博物馆、广东省博物馆、香港中文大学文物馆、广州美术馆、天津博物馆及私家均庋藏其书迹。其隶书名迹主要有《题明史列传册》（北京故宫博物院藏）、《咏月诗》轴（香港中文大学文物馆藏）、《祝龙翁》诗赋斗方和《咏花十诗》卷（广东省博物馆藏）等，行书名迹则有《镇海楼赋》卷（广州博物馆藏）。论其书法者，有《明清广东法书》、陈永正《岭南书法史》、朱万章《岭南金石书法论丛》和《岭南书法》等。

《题明史列传册》（北京故宫博物院藏）为严绳孙《题明史列传册》后

20

的一开题跋，与严绳孙、王士祯、梁佩兰、宋荦、毛奇龄、汪琬、陈廷敬等合为一册。纸本，纵27.2厘米、横32.6厘米，末题"癸酉仲春后学罗浮陈恭尹题"，书于康熙三十二年（1693），是年作者六十三岁。是书飞舞灵动而多灵秀之气。

《祝龙翁》诗赋是与屈大均、梁佩兰、吴韦等人为龙翁祝寿的书画合册。每页纵27.5厘米、横21厘米，纸本。陈氏一帧为七言诗，诗曰："早岁声华满帝居，干旌行处复高誉。芙棠旧有燕公咏，煮海新成管子书。地极东溟膏泽偏，日长南陆览揆初。曾闻一语开汤网，粤士人思捧后车。"署"罗浮陈恭尹赋祝"，钤白文方印"恭尹印章"，藏印有朱文"庆和宝玩"和"絜斋"。此帧结构精密，用笔稳重而不失秀雅，与郑簠（1622—1693）相比，则略显谨慎。

《咏花十诗》卷分别题咏蝴蝶花、金凤花、水仙花、夜落金钱花、剪春罗、锦屏风花（即天棘）、玉簪花、胭脂花、木堇花等十种花，诗作于清康熙甲戌（1694），书于"丁丑"。全卷纵19厘米、横337厘米，陈恭尹以行书自识云"……丁丑九秋舟泊端溪，俨思出纸索书，用颓笔□墨写于风涛汹涌中，殊有古朴疏野之致，于吾法八分中似别有一种也"，署"漉翁尹识"，钤白文印"恭尹印章"及朱

21

文"元孝","丁丑九秋"为康熙三十六年（1697），作者时年六十七岁，是其晚年得意之作。此卷挥洒自如，神采飞动而兼带篆意，用笔劲健而不失秀色，诚为传世隶书中难得的艺术佳构。卷首及卷尾分别有东莞邓尔疋、南海陈樾、番禺汪兆镛于1934年所书题跋。邓尔疋题曰"独漉先生遗墨。先生《咏花十诗》见《独漉堂集》，但刻本颇有误字，此卷不误，惟弟一首脱一'写'字耳。考温氏所编《年谱》，甲戌年六十四，丁丑年六十七，盖晚年之作。命题虽小，知亦黍之感时流露焉。八分书尤瘦劲可喜，不仅书以人重而已也。今陈番禺凌氏丽甫六兄以为乡邦文献珍重藏弄并属篆端，欣然书之，弟七十八甲戌仲秋之月东官后学邓尔疋"，钤朱文印"邓尔雅印"；陈樾跋曰"独漉、翁山两先生以诗著，其所为书多自写其诗及投赠酬和之作。寸缣尺楮，世争宝之，翁山书尤难得。盖雍、乾之年文字狱兴，焚烧几尽，今所存者，皆烬余也。独漉少遭家难，中罹世网，晚而韬晦，与当时士夫往还唱和，笔墨流传而尠，且能为汉隶，笔法古峭，极瘦硬通神之致，其用笔与朱竹垞、郑谷口相近。此卷写《咏花十首》，到应不懈，晚年杰作，诚足珍也。原藏顺德龙氏，今归番禺凌丽甫兄，属为题识，因书数语归之。甲戌秋九月南海陈樾"，钤朱文印"榙";汪兆镛跋曰"明人不讲六书之学,故一代无以篆隶名家者。金风亭长能隶书,源出《夏承碑》,独漉学隶体与相近,盖当时风尚如是。有清以来桂林谷(馥)所作最工,翁覃溪(方纲)、黄小松(易)相继研求汉石残字,《华山》《礼器》《孔庙》《乙瑛》《曹全》诸碑,莫不钩摹临仿,隶书运笔、结体之正宗在此。近时伪体别出,多非古法。独漉诗世称粤岭南三大家之一,此卷不独诗工,而倡兴汉隶,细筋入骨,复奇气横溢,未可轻议,且吾粤善隶法者不多,当以此为先河。自跋谓'殊有古朴疏野之致','八分中似别有一种',笃论也。丽甫娴兄得此卷出以相贶,爰缀数言于后。罗浮老民汪兆镛识于微尚草堂,时年七十四",钤白文印"汪兆镛印"。据三家题跋可知,此卷不仅流传有序,而且诸翁对陈恭尹的隶书特点及其在书法史上的地位均给予了充分的肯定。

陈恭尹的隶书在当时便享有很高声誉,王士禛在其《香祖笔记》《渔洋诗话》中屡有提及,浙江海宁陈奕禧(1648—1709)的《隐绿轩题跋》称其书法蔡中郎,腕力甚劲,可与谷口颉颃也。今人吕长生谓其"行笔谨严,结体宽博。庄重而活泼,缜密却疏放"。从他的传世书迹中,的确可看出与郑簠有诸多相近处。但郑簠融汇己意较多,陈恭尹古味较浓，各有千秋，可称清初隶坛之双璧。粤人李仙根（1893—1943）有诗咏陈恭尹书法云"元孝诗名闻天下，作书尤足见雄浑。夏金铸鼎能开拓，形似何如到八分"，可谓得陈氏隶书三昧。

当然，陈恭尹也擅行书，传世的作品也不乏精品佳构，如《行书木棉花诗》（广州美术馆藏）和《行书赠汤惕庵开府诗》（广东省博物馆藏）便是其例。前者是为清初画家李象丰的《山水画》所书对题，此书行笔潇洒自如，不拘绳墨；后者在行笔中尚有隶意，运笔瘦硬，近人叶恭绰（1881—1968）在边跋中认为陈恭尹传世作品虽在三家中最多，"然如此幅之精整者，不多见也"。

此外，汪兆镛《岭南画征略》谓陈恭尹兼擅绘画，依据乃《前锦衣卫指挥佥事私谥贞谧先生独漉陈公行状》载陈恭尹曾作《九边图》，"置之箧中，疏明阬吭"。然细考其记载，此图乃地形山川形势图，非传统意义之绘画。又康熙十九年（1680），陈恭尹有《听剑图自赞》诗，疑为陈氏自绘。然两图均未见流传。遍寻陈氏诗集及时人诗文，并未有陈恭尹绘事记录，故其是否确实雅擅丹青，尚未可知，姑妄存此备考。

"牡丹状元"黎美周

黎美周生于明万历三十年（1602），清顺治三年（1646）卒，名遂球，广东番禺板桥人。他的一生充满着传奇色彩，是明清之际有名的节烈文人、岭南地区有名的书画家。

黎美周一生有着不凡的经历：他在明天启六年（1626）县试冠其曹，后来举于乡，数上公车，与文坛名流如吴伟业、张溥、金声、陈际泰等交厚。据说当时粤东闹饥荒，黎美周筹画振法，存活甚众，一时传为美谈。甲申（1644）事起，他闻变痛哭，誓死谋勤王。先是诏举经济名儒，再拜参军，后来授兵部职方司主事。至南明在福建的小朝廷立，遂与陈子壮、其弟黎遂琪、外甥刘师雄等奉派增援江

25

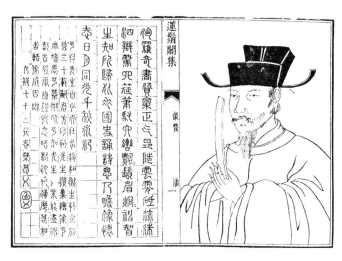

黎美周画像及函义对题

西赣州，坚守数月，城破展开巷战，最终以身殉国，年仅四十五岁。后来得赠太仆寺卿，加赠兵部尚书，谥忠愍，建祠江西赣州。

黎美周曾参与广东的南园诗社，拜陈子壮为师，并在广州芳草东街筑莲须阁、晴眉阁，读书临帖、作画弹琴。一生著述较多，计有《周易爻物当名》《莲须阁诗文集》《诗风史刺》等，凡百余卷。

黎美周主要以诗鸣，相传曾以在扬州赋黄牡丹诗而名噪一时。崇祯十三年（1640），黎美周北上取道扬州，应江都郑元勋（字超宗）之约雅集影园（华亭董尚书以园在柳影、山影、水影之间题曰"影园"），与词人即席分赋《黄牡丹》七律十章，被钱谦益选为第一，超宗以黄金二觥镌"黄牡丹状元"赠之，并选女乐歌吹迎于红桥，一时传为盛事。黎美周返粤后，香山何吾驺手书致贺，当时南海邝露亦赋《赤鹦鹉》七律十二章，其句有"舞美玉环低绛袖，歌怜樊素啭朱樱""飞琼阆苑乘朱雾，小玉璇宫化紫烟"，一时亦传为佳诵，于是有"黎牡丹""邝鹦鹉"之称。事隔八十余年后，即雍正六年（1728），扬州画派代表画家汪士慎欣然命笔，以黎美周《黄牡丹》诗意作设色《牡丹图》，并录黎氏《黄牡丹》诗十首于其上。该画如今藏于广东省博物馆。所谓名诗佳画，足以传颂千古。

黎美周于诗文之外，兼擅绘画，文献记载其"工画山水、林木，苍老明秀"。他的作品传世不多，笔者所见有香港何氏至乐楼藏《山水》卷、广州艺术博物院藏《仿文徵明瓜州相别图》和《送区启图北上山水》册页等。

《仿文徵明瓜州相别图》作于崇祯十一年（1638），是应黎民表后人之请所作。原图为文徵明所画与黎民表瓜州惜别的情形，黎美周据此摹仿。虽曰摹仿，实则并非机械重复，而是融入己意。从画图看，已完全脱离文氏桎梏，

27

黎美周《送区启图北上山水》

广州艺术博物院藏

其笔法及意境自非文氏一路。

《送区启图北上山水》册页共二开，绢本设色，每开纵33厘米、横25厘米，其中一开题识曰"辛巳九月既望送区启图先生北上，年社弟黎遂球"，钤白文小长方印"美周"。区启图，即区怀瑞，广东高明人；辛巳，即崇祯十四年（1641）。画面萧疏简远，简中寓繁，古木遒劲，山石嶙峋，峰峦浑厚，浅水遥岑，轻舟荡漾，而又见隐约村舍，给人以澹泊明志、宁静致远之感。论者谓其"运笔、用墨甚至山形树影，均是沈周笔意"，"全图怀抱开阔，意境雄强超迈，洵为大家风荡"，《广东名画家选集》则谓其"山水法倪云林、黄子久，功力甚深"。观是图，当知不为虚妄语。

黎美周的山水画在清代得到不少文人赞誉，学者、书法家、广东番禺籍的陈澧（1810—1882）在《题黎忠愍公画山水》诗中写道：

> 省识莲须下笔亲，却从惨淡见精神。
>
> 怪他黄牡丹诗卷，持比此图似未真。
>
> （原注：前年有似忠愍黄牡丹画卷索题者，恐非真迹，此幅较可信耳。）

另一学者陈璞（1820—1887）也有《题莲须阁山水小

幅》诗云：

> 晴眉阁上晓岚生，尚有云峰到眼明。
>
> 欲向河山扶半壁，层层笔底自峥嵘。

黎美周传世之作多为山水，但偶亦写虫鱼小幅，《留庵随笔》记载曾有人在板桥黎氏斋头见其画墨笔鱼、虾、螺、鸡四小幅，圆劲沉着，鸡尤肃穆，非寻常画家所能，而款署名字，小楷笔致与"百花冢"碑（乃黎美周为明末岭南名妓张乔所题碑额）同，绢本，钤"美周"朱文小印，真迹可宝。

黎美周尚有书迹传世，广州美术馆藏《南园诸子送黎美周北上诗卷》附有黎美周与安仲书札三通，香港中文大学文物馆藏有《删梅诗翰》，皆行书，其书法上溯锺繇、王羲之，笔力矫健，多横势，自成一格。

明清之际，广东虽屡经兵荒马乱，而人文依然粲然。黎美周虽以短暂一生，但仍能以诗书画自鸣天籁，实属不易。

谢兰生兼擅书法

谢兰生（1760—1831）以诗文见长，同时兼擅书画，尤以书法名著一时。他字佩士，号澧甫，又号里甫，别署理道人，广东南海麻奢人，寓广州素波巷。迭主粤秀、越华、端溪书院，后为羊城书院掌教，桃李至众。阮元重修《广东通志》，延为总纂。工诗书画，诗学东坡，画得吴镇、董其昌、王原祁之法，笔调清雅，设色明快，著有《常惺惺斋诗文集》八卷、《常惺惺斋书画题跋》二卷、《北游纪略》二卷、《游罗浮日记》一卷等。

广东书坛，自明代陈献章以降，代有传人。有清一代，帖学先兴，碑学后起，名家辈出。于是，张（锦芳）黄（丹书）黎（简）吕（坚）冯（敏昌）谢（兰生）苏（引寿）宋（湘）并起，上承明代重帖之风，下启清末尊碑之学，各领风骚。其中，谢兰生行、草、篆、隶、榜书皆擅，更以诗文绘画学术名世，在清中期的广东书坛颇具影响。

据文献记载，谢兰生得指实掌虚笔法于黎简（1747—1799），后又传之于朱次琦（1807—1882）。康有为又学于朱，成为近代书坛巨擘。谢兰生曾说"书虽小道，非隽悟者不能通其意"，实指、虚掌、平腕、竖锋，应小心布置，大胆落笔，意在笔先，神周字后，此外丹也；手软笔头重，此内丹也。又曰："晋办神姿，唐讲间架，宋元以来尚遒峭之趣，然以趣胜者，即有所成，只证声闻辟支果耳；不成，终身遂流魔道，不可振救。初学执笔，折中祛弊，其颜平原、欧阳渤海乎！"可见深谙书中三昧。

谢兰生既长于书论，又勤于临池，书学颜平原、褚遂良，并参以李北海，淡雅清逸，史载其"书品、画品皆能以隽永见长"，从其传世书迹可了解其书法风貌。

谢兰生的书法，传世较多者为行草及行楷，其次为隶书、榜书。

1993年，香港中文大学文物馆、广东省博物馆、广州美术馆联合举办"黎简、谢兰生书画展"，并出版专集，使得三馆所藏谢兰生书迹得以昭示于世，可以全面地了解一个诗、书、画、印兼擅的学者型书家的风格面貌。笔者正好躬逢其盛，得以观摩其书法多件，于心多有感悟。

谢兰生的书法代表作有《临褚遂良圣教序》（香港中文大学文物馆藏）、《为梦溪写楷书》、楷书《临松雪书道德经》轴、行书《东坡书艾宣画四首之二诗》轴（广州美术馆藏）、"漱玉轩"横匾、隶书《出昆虚以骋志》轴、行楷《坡公和与可洋州园池诗之一》轴、隶书《五言联》、楷书《十言联》、行楷《七言联》（广东省博物馆藏）等。

他的早期作品，多以临摹为主。他能博采众家之长，融合成自家风格。他在《自题临褚本〈兰亭〉》中写道："予写兰亭，多宗褚法，虽不能至，而略有依傍，不至如土木形骸"；他临褚遂良之《经训堂帖》《圣教序》等，能得其神韵；临赵孟頫楷书《道德经》，笔法圆转遒丽，如出一辙；临倪云林《云林子诗帖》《云林诗田舍六言二首》等均工致娟秀，清高绝俗；临柳公权《大令送梨帖》，遒媚劲健，不失己意。

谢兰生的行书，尤其是行草书，如广东省博物馆所藏《阮籍咏怀诗》轴、《二月江南莺乱飞诗》轴，广州美术馆所藏《东坡书艾宣画四首之二诗》及为数不少的题画诗等，多得之于颜真卿，深得《争座位帖》神韵。行楷部分，字体呈扁方或正方，且遒劲有力，如香港中文大学文物馆藏《临褚遂良圣教序》、广东省博物馆藏七言联"蝶衣采粉花枝午，蛛网牵绿屋角晴"及于道光五年（1825）为南海画家李国龙（跃门）所题"罗浮仙迹"四字，大多效法褚遂良而参以己意；另一类字体呈长方且横轻竖重者，如广东省博物馆藏《坡公和与可洋州圆池诗》轴、行楷七言联"涧草软宜承屐齿，溪泉清可濯尘缨"，明显看出受到颜真卿《多宝塔碑》影响。他的隶书，如广东省博物馆藏五言联"以诗为佛事，随地学山居"和"读书大有益，为善常所钦"及《出昆虚以骋志》轴等，均老练凝重，形神皆备。

谢兰生尚擅榜书。榜书，古曰"署书"，又称"擘窠大字"。康有为《广艺舟双辑》云："作榜书须笔墨雍容，以安静简穆为上，雄深雅健次之"，否则便弄巧成拙，画虎类犬。《清史·列传》称谢兰生善"擘窠大字，无出其右，阮元极赏之"。广东省博物馆藏其于清道光九年（1829）自题之"漱玉轩"匾额，正楷横书，字径盈尺，其势甚远，奕奕有神，且庄雅端正，美于观望，气韵绝佳，深受颜真卿影响；另一正楷横匾"渔石山房"，则横重竖轻，略显纤细。

谢兰生也能刻印。马国权（1931—2002）所著《广东印人传》谓其刻印乃"一时遣兴耳，以学问赅博，虽偶然奏刀，亦每得古致"。有白文"谢兰生印"、朱文"太史氏"、椭形朱文"有芬"及朱文联珠"里""甫"等印，均文静有风致。

谢兰生书艺深受当世推重。宋湘曰："书法之妙，是吾澧甫绝技。"在中国书坛"明代之世，多仿子昂；有清一代，竞讲香光"的风气下，他能学古而不泥古，自鸣天籁，独具一格，在广东书坛确乎是一位可圈可点的人物。

梦幻居中一画痴

在一百四十余年前的广州城越秀山南边，有一个老者坐在寂寞的书斋中，对生命发出感喟：人生天地间，不过数十年的光景。若无善事流传于后世，岂不是与草木同腐？

他就是广东新会籍的山水画家郑绩。因为不愿意与草木同腐，遂萌生出做一"善事"的理想。这个理想就是以其绘画经历和画学技巧编写一本示人以门径的画学入门书。因为他的画室名为"梦幻居"，于是将这本书命名为《梦幻居画学简明》。

郑绩自称"画痴"。所以，在他的书中，我们看到他以痴迷的态度将古往今来对山水、人物、花卉、翎毛、兽畜、鱼虫等多种画科所涉及的笔法、墨法等加以阐释，由浅入深，渐入佳境。以他自己的话来说，就是"详究造化生成之理，因理之所为"，并"思其画法之所以然"，每天将这种绘画心得记录下来，删繁就简，成此心血之书。很显然，作为一个画家，郑绩做这样的画学入门书是最有发言权的。他精通画理，并以自己所理解之画学技艺绘成样图，配以浅显的解说文字。这是一件很多文人画家不屑一顾的"初浅"之事，正如郑绩所说，"不过雕虫小技，于社稷民生无关轻重"。但作为一种传统文化的入门书，却能将很多徘徊于门外之人领进来，也能使刚入门的初学者升堂入室。这是一项看似简单实则高深的基础工程。从某种意义上讲，完全可以与那些构建宏观理论，以经学、文学等丰富人们精神生活、提升民族素质的功绩相提并论。对于这种带有明显普及意义的行为，古代文人极少去关注，或者说很少有人能做到——而郑绩想到了，并且做到了。

与大家所熟知的《芥子园画谱》等画学入门书不同的是，《梦幻居画学简明》不仅有生动的图例，更有概括性的画论。这又与那些纯粹画论的典籍截然不同。郑绩生当中国近代化开始萌芽的咸丰、同治年间，所居住之广州首当对外交往的通商口岸，因而在其画学技巧中或多或少受到西方思潮影响，在图例中能看到透视、光影等西画技法影

郑绩画像

响的痕迹。这也是郑绩迥别于他人的地方。

当然，作为一个画家，郑绩并没有忽视自己的"主业"。他画山水，以高古之笔抒发文人的笔情墨趣，应了自己常用的那方闲章："纵情于山水诗画间"；他也画人物，在画中关注现实，贴近民生。他画过鸦片毒害图，以一个强壮的年轻人在抽食鸦片中日渐憔悴、衰老以至失去人形的案例，生动反映出鸦片毒害之深，这无疑是一种强烈的社会警示，其意义不亚于林则徐虎门销烟；他还画过很多漫画，比如金钱图；也还画过写实的风景图，比如羊城炮台图等。这些画图或者反映其现实关怀，或者反映其疾恶如仇，是一个传统文人走出书斋、关注民生的典型例证，也是一个画家良心的折射。

当时有人赠给郑绩这样的诗句："画里云山归大隐，意中丘壑属长贫。"这是对郑绩其人、其画的高度概括。郑绩的人生观是想给后人留下一点东西，不愿与草木同腐。今天，当我们重温他的《梦幻居画学简明》及其他流传于世的数十件画作时，我们发现，这个在梦幻居中痴迷大半个世纪的杰出画家，不仅没有与草木同腐，更以其精神产品影响着来者，并永垂后世。

海虞画苑观略

　　"海虞"乃晋代县名，今为常熟古称。清代乾隆年间王应奎为鱼翼的《海虞画苑略》所作序云："虞山僻在海滨，而诗画之盛，甲于江左。"单《海虞画苑略》所载乾隆以前画家就有二百九十六人。在此之后，更是代有才人。明清以降，很多书画家均集中于这一地区。据不完全统计，自元代至近代以来，常熟画家有近千人之多，成为中国少有的画家密集地之一。明代后期，周之冕所创之勾花点叶派，对后世花鸟画影响甚巨。清代初期，王翚、杨晋为代表的"虞山画派"成为清代主要流派之一，对后世山水画影响较大；清代后期杨沂孙、翁同龢书法名重一时……因此无论就书画史上的地位还是就书画家数量而言，常熟均无可置疑成为中国美术史上的一座重镇。

　　不仅如此，在书画收藏方面常熟也是具有悠久的传统。清代赵琦美的"脉望馆"、钱谦益的"绛云楼"、瞿式耜的"耕石楼"、毛子晋的"汲古阁"、张大镛的"自怡悦斋"、宗沅瀚的"颐情馆"、赵宗建的"旧山楼"以及瞿氏的"铁琴铜剑楼"等均是常熟士人收藏艺术珍品的重要斋室，在清代收藏史上举足轻重。清中期的蒋宝龄也是有名的鉴藏家，所撰述的《墨林今话》不独于书画品评、人物叙事方面有独到见解，于书画鉴藏方面也能发人之所未发。诸家之外，一些名不见经传的私人藏家更是举不胜举。这就促使后来以书画收藏为主的常熟博物馆具有得天独厚的条件，该馆仅明清时期书画就有四千余件，成为地市级书画收藏大馆。

清《柳如是画像》
常熟博物馆藏

在中国书画史上具有里程碑意义的书画大家如祝允明、董其昌、文徵明、周之冕、王时敏、王翚、王鉴、傅山、郑燮、何绍基、任颐、吴昌硕（1844—1927）等人作品是该馆收藏重点，这些代表书画家们风格的艺术佳构折射出明代中期以来中国书画嬗变与演进趋势；而常熟籍的书画名家钱谦益、王瀛、周之冕、严澂、张维、冯武、彭睿、王翚、杨晋、蒋廷锡、汪绎、许佑、袁溥、汪应铨、蒋溥、杨沂孙、翁同龢、钱禄书、程廉和寓居常熟的归昌世、归庄、钱泳等人作品则是该馆收藏特色。其中既有在文学、绘画、政治方面具有重要影响的名家如钱谦益、周之冕、王翚、蒋廷锡、翁同龢、归庄等，也有一些极少有机会见其面目的书画家如王瀛、严澂、张维、冯武、彭睿、汪绎、许佑、袁溥、汪应铨、钱禄书、程廉等，为人们认识这一具有悠久文化传统的地区的美术状态提供了凡例。此外，其他名家如王宸、陆治、刘原起、刘墉、赵芷、翁陵、戴熙、曾国藩、俞樾、陶成、陈铎、赵左、程嘉燧、袁尚统、杨廷枢、杨廷麟、来周、吴伟业、顾大申、姜宸英、武丹、刘源、陈奕禧、陈元龙、何焯、王澍、曹秀先、梁巘、高炯、王学浩、许梿、戴熙、李修易、秦祖永、蒲华、李瑞清、伊秉绶、王震等，他们或者为美术史上成就特出者，或者为文学家，或者是政治、军事上的风云人物，也有一些声名不显，甚至连生平事迹也不为人所知者，但其艺术水平极高，为人们重新梳理美术发展史提供了依据。

特别值得一提的是，被史学家陈寅恪先生极为推崇的清初江南名妓柳如是（1618—1664）的画像也在常熟博物馆典藏之列。柳如是为钱谦益妾，明亡时曾劝钱氏殉国未从，能诗善画，著有《柳如是诗》《戊寅草》等，她的气节长期以来成为文人们歌咏与崇尚的典范。《河东君柳如是像轴》虽然已难考出作者姓名，但可以肯定的是，画像为柳氏同时代人所写，透过娴熟的艺术技巧与传神的笔法，我们可以见到这位陈寅恪笔下的义士的真实形象。

居派画风溯源

以居巢（1811—1865）、居廉（1828—1904）为代表的晚清花鸟画家，在岭南画坛树立起一座标杆。他们所发扬光大的撞水撞粉之法及其以岭南风物为描绘对象的花鸟画风，占据了十九世纪末二十世纪初广东画坛主流。他们不仅身体力行，创造出数以千计的艺术佳构，更开馆授徒，开创了近代广东美术教育的先河。其画风经其弟子和再传弟子的传承，影响广东画坛一百余年。直到今天，其流风余韵已然在广东画坛时时可见，绵延不绝。

居巢、居廉早年师法宋光宝、孟丽堂。宋、孟画风则承传自清初恽寿平（1633—1690）的没骨画法。因此，究其根源来讲，直可上溯至常州画派的恽寿平。无论文人气十足的居巢画作，还是充满着世俗趣味的居廉绘画，都可见到这种艺术嬗变之痕迹。在与居廉一直保持着良好社交关系的东莞好友张嘉谟（1830—1887）画中，既可见到恽氏画风的影子，也能见其受居氏画风影响的诸多元素。其清新自然的花卉画，以淋漓尽致的色调表现岭南地区鲜活的时卉，将居氏画风的影响扩展到广州以外地区。

更重要的是，居廉不同时期广揽弟子于门下，以广州十香园为中心，遍及广东、福建、广西、湖南、江西、香港、澳门等地，形成了一个以居氏画风为主导的绘画群体，成为广东美术史上不可绕过的重要一页。

居廉弟子中，以高剑父（1879—1951）、陈树人（1884—1948）最为知著。虽然高剑父、陈树人后来东渡扶桑，研习东洋绘画以改良中国画，画风为之大变，但其早年的画风仍然传承居氏风格。另一弟子伍德彝（1864—1927）不仅跟随居师时间最长，在书画篆刻及收藏方面也独树一帜。

居廉的其他弟子中，关蕙农（1878—1956）早年习西洋画，后来追随居廉，画风融合中西，为居廉弟子中少有的"中学为体，西学为用"的新派画家；陈芬和陈鉴以山水和花鸟见长，能得居氏之真传；张逸（1869—1943）是

居廉七十七岁造像

居廉晚年最为得意的弟子之一，以山水、花鸟见长，尤以牡丹绘画为人所称道；容祖椿（1872—1942）兼擅山水、人物、花鸟，同时精鉴别，其画古韵盎然；周绍光（1874—1952）的经历与高剑父、陈树人较为相似，在入于居氏门庭后，也东游日本，但其画中的日本画元素则极少，仍然是居师花卉画风格；孙淦、郑游等人虽然生平事迹不为人所知，但都能在居氏画艺中吸取精华，故画作中流露出的撞水撞粉之法尤为明显。

居廉及其花鸟画风之所以在岭南地区产生广泛影响，除因其绘画所具有的鲜明特色外，更重要的是其晚期弟子高剑父、陈树人等人所创立的"岭南画派",在近代美术史上产生的艺术辐射力。岭南画派借助二高一陈弟子及再传弟子的艺术宣扬,不仅在南中国地区享有盛名,在海外地区(如东南亚国家、美国、加拿大)也有一定的知名度。

在岭南画派的第二代传人中,黎雄才(1910—2001)和关山月(1912—2000)均是高剑父弟子,均以山水画知名,前者兼擅松树,后者兼擅梅花,在高氏传人中首屈一指。在其他弟子中,方人定(1901—1975)、杨善深(1913—2004)和竺摩(1913—2002)以人物画见长,张虹(1891—1968)、司徒奇(1907—1997)、李文珪(?—1934)、何磊(1916—1978)、赵崇正(1910—1968)、黄独峰(1913—1998)、关万里(1912—1983)以花鸟画扬名,招晖堂(1907—1969)以山水画著称,李抚虹(1902—1990)兼擅花鸟与山水……他们均以不同的面貌传承着岭南画派的遗风,成为现代岭南画坛的一支生力军。

高奇峰虽然没有亲承居氏教泽,但作为岭南画派创始人之一,其弟子也和高剑父弟子一样,传承着岭南画派的革新精神,在广东画坛各擅胜场。在其众多弟子中,以被称为"天风七子"的七位书画家最为人所称许:赵少昂(1905—1998)长于花鸟画,被徐悲鸿誉为"画派南天有传

47

人"；黄少强（1900—1942）长于人物画，以现实关怀的人文精神享誉画坛；周一峰（1890—1982）长于山水、花鸟，其画设色明艳，用笔挥洒，已出高氏、居派风貌之外；张坤仪（1892—1967）自称"天风遗憨"，其花鸟于高师画中浸淫尤深；叶少秉（1896—1968）、何漆园（1899—1970）、容漱石（1903—1996）等或以花鸟见长，或兼擅山水，在岭南画派的大家庭中，闪动着耀眼的光芒。

在以居巢、居廉为先导，高剑父、高奇峰、陈树人为中坚，关山月、黎雄才、赵少昂、方人定等人为后劲，十香园为中心的艺术圈中，形成了一个庞大的近现代岭南画家群。他们不仅以其洋溢着浓郁岭南地域特色的绘画风貌驰骋画坛近一个世纪，更以其继承与创新、变革与立异的艺术精神泽被岭南画坛。他们及其艺术佳构不仅成为岭南文化的一种符号，更是二十世纪以来中国绘画家族中不可分割的组成部分。

黄宾虹写《蒹葭图》

　　黄宾虹的《蒹葭图》为一幅纵 21.5 厘米、横 32 厘米的纸本设色小景山水，作于 1909 年，作者自题曰："蒹葭图，己酉夏日写，博晦闻先生雅粲，潭上质。"钤白文印"黄质私印"。这是黄宾虹为广东籍诗人、学者黄节（1873—1935）所写，现藏于广东省博物馆。

　　黄宾虹是近代山水画大家，平生以绘画及其画学理论著称，长期以来与广东画坛有着较深的渊源，在上世纪二十年代一度成为广东"国画研究会"成员；在他的友朋中，不少为广东书画家和诗人，主要有邓秋枚、黄节、蔡守、王秋湄、邓尔疋、潘飞声、陈树人、高剑父、高奇峰、易大厂、罗复堪、叶恭绰、李尹桑、陆丹林、张谷雏、李凤

黄宾虹《蒹葭楼写诗图》　纸本设色

香港问学社藏

坡、黄般若、关春草（寸草）、赖少其等，黄居素及谈月色
则为其入室弟子。黄宾虹与康有为等粤籍名人也有交往，
他与黄节的交游尤其密切，在近代艺坛可圈可点。

　　黄节与黄宾虹既为"南社"同盟，又分别为"贞社"
及分社的核心力量，在相当一段时间共同参与主编以"辨
别种族，发扬民义"为宗旨的《国粹学报》，二人有着极深
的私交。他们的交游最迟始于1904年。当时二人虽未谋
面，但也有书信来往。是年10月6日，黄节复函黄宾虹曰：

　　　　昨奉手示，复惠赐法绘，感纫何似！千里神交，

获此如面，亦不知作何言以谢足下耳。……明明近作一扇面，并以呈教。岁寒稍有暇，必航海一晤，想台端从未遽去沪也。附呈诗什，乞吟正！

从信中可知，二人早已有诗画神交。之后的1906年，黄宾虹常作文议论时政，寄上海《国粹学报》及其他报刊发表，与黄节、邓实等订文字交。次年，黄宾虹到上海，时邓实、黄节创办《政艺报》及《国粹学报》，留与议办神州国光社及《神州》《时报》。1907年6月，黄宾虹首次在《国粹学报》发表《宾虹羼抹》一文，随后在1907年至1909年间，分别发表《宾虹杂著：叙村居》《滨虹论画》《史篇：四巧工传》《逸民传：梅花古衲传、江允凝传》诸文。1912年，黄宾虹为黄节绘《广雅书院图》，黄节题诗图上。同年，黄宾虹、宣哲等在上海发起成立贞社，黄节与王秋湄、邓尔疋、蔡守（1879—1941）、陈树人等在广州成立了分社。1915年春，黄节有《题滨虹山水障》诗曰：

旧忆松江经岁别，春阴元俚叹宾虹。
平生能事都如此，浦溆渔舟着意工。

是年8月中旬，原为黄节故交的刘师培发起“筹安会”，拥袁世凯称帝，为士人所不耻，黄节遂致函黄宾虹，声讨刘氏。黄宾虹当即将黄节《与刘师培书》原稿寄给柳弃疾在《南社丛刻》上发表。同年，为纪念南宋诗人陈师道，黄节函请黄宾虹绘图，信中说：

> 去年腊冬，都下名流集法源寺，为后山逝日设祭。僧堂深邃，颇饶松竹，既各为诗缮册，欲乞公制一图，以志斯事。

是年7月初，黄宾虹即以所绘图寄黄节。黄节于7月5日复函曰：

> 朴存先生：

> 奉还札，并赐绘事……《祭后山图》，幽澹适如其诗，非时辈所能望见。去岁有答友人撰后山年谱诗，另笺呈教，未审公肯为我绘《后山诗意图》，作册页十余幅，以遗后世否？

9月29日，黄节又有一信，曰：

> 朴存先生：

> 月初手书并画稿至为感荷。后山诗重以公绘，古情今意，一时并陈，旅居于此，足慰憔悴矣。

1918年，黄节游杭州，访黄宾虹、诸贞壮于湖上，黄宾虹为贞壮画杨华图，黄节题诗其上，诗题为《滨虹为贞壮画杨华图予题一律》。是年，苏曼殊（1884—1918）病逝于上海，黄节与黄宾虹同视苏曼殊殡，黄节有《江干与滨虹视曼殊殡》。夏秋之间，黄节与黄宾虹由沪赴杭，共游西湖，黄节有《湖上示滨虹并简贞壮》诗赠。不久，黄节返粤，有《粤俗乞巧以六夕戊年七月六日为阳历八月十二日是夕宣南灯火灿然不缘乞巧予记以诗分寄贞壮、滨虹》诗赠。1927年冬天，黄宾虹作画寄黄节，黄节有《除夜答宾虹寄画》等诗。

此《蒹葭图》是二黄间诗画友情的又一体现。

据考查，黄宾虹为黄节作《蒹葭图》计有两件，另一件实际名称为《蒹葭楼写诗图》，刊于香港《大公报》编印之《黄宾虹先生画集》，赵志钧编著《画家黄宾虹年谱》将两画误为一画。黄节的《自题蒹葭图寄黄宾虹索画》诗是为广东省博物馆所藏《蒹葭图》而作，见于该书画册跋尾，不是为《蒹葭楼写诗图》作。黄节的挚友刘三（季平）曾为《蒹葭图》题诗，黄节有《题黄叶楼报刘三为予题蒹葭图之作》，此处之《蒹葭图》实际也应为《蒹葭楼写诗图》。

该《蒹葭图》赋色淡雅，笔意清秀，乃黄氏早年力作。

黄宾虹早年为黄节作画极多，诗画往来成为二人交游的主要形式，此《蒹葭图》是黄宾虹画赠黄节作品中最早的，是年黄宾虹四十六岁，黄节三十七岁。在以后的几年里，黄宾虹陆续有画寄黄节，所以黄节在 1911 年有《报宾虹寄画》诗曰：

青山忽飞来，置我几席间。

如何所思人，梦寐空往还。

苍波澹将夕，木叶秋渐阑。

孤松郁奇姿，远峰修秃鬟。

知非貌云林，意复高荆关。

万事托笔端，于世真闲闲。

迩来我为诗，视子尤辛艰。

朝叩少陵扉，夕抗昌黎颜。

念枯每微喟，意拙宁多删。

一艺恐无成，区区同所叹。

二子之情，则已跃然诗、画中矣。

54

天风楼的兴衰

在广州二沙岛，有一栋并不起眼的旧楼。透过发黄的墙体和岁月留下的斑驳痕迹，除了大致能想见这是民国时期的旧洋楼外，似乎不会有更多的联想。实际上，在上世纪三十年代，这座被其主人命名为"天风楼"的洋派建筑，曾经是近代岭南画史上风云际会的艺术圣地。在这里，天风楼主人高奇峰及弟子周一峰、张坤仪、叶少秉、何漆园、容漱石、黄少强、赵少昂等一起共同度过了四年亦师亦友的黄金时光。他们在一起谈艺、作画、雅集，成就了高奇峰最后的艺术辉煌，同时也使高氏七个弟子与"天风"一词结下不解之缘。"天风七子"因而成为高奇峰传派的代名词。

1931 年 6 月 12 日，高奇峰和天风诸子合影，右起：黄少强、叶少秉、高奇峰、张坤仪、赵少昂、何漆园、周一峰

有意思的是，在岭南画派研究中，涉及的画家、流派、团体、画风、历史地位等各方面课题较多，几乎囊括了其他画派所没有引起重视的微观和宏观的各个层面，但唯独于"天风七子"的专题研究还十分滞后。这与高剑父属下的春睡画院弟子们所受到的无与伦比的殊荣形成鲜明反差。究其原因，可以归纳为政治、地域及艺术三个主要因素。

"天风七子"不管是何时，几乎没有和政治保持密切联系，这与春睡弟子们长期以来有着高昂的政治热情并身兼要职截然不同。两种不同的结局便是，顺应政治潮流的一方自然会在政府的褒扬与青睐中得宣传之优势，而"天风七子"恰恰相反。

地域方面，1949年以前，"天风七子"主要活动在广州，而1949年以后，除黄少强早逝、叶少秉在广州、张坤仪在美国外，"天风七子"主要活动区域都在香港。因而其影响的局限性就显而易见。即使像赵少昂一样高寿且在海外华人世界中有着广泛影响的天风弟子，在中国主流绘画上的认可度也非常有限，尤其是在广东以外的地区。而春睡弟子们大多集中在广州一带，艺术活动的空间远涉内陆，在地缘上占有绝对优势。

艺术方面，"天风七子"从总体上讲，水平参差不齐，有的甚至还很不成熟，这就使其艺术得到社会承认的几率大为降低。他们的老师高奇峰早逝，这也使其弟子们在艺术上的发展受到一定制约。

当然，还有很多主客观原因，比如说"天风七子"缺少"炒作"的高手、绝大多数并不长寿、缺少有影响的再传弟子和机遇等等。但不管怎么说，作为天风楼弟子——一个在近代岭南画坛活跃半个多世纪的画家群体，他们所走过的艺术道路以及留下的艺术佳构，还是很值得去探究、去发掘的。

　　和春睡弟子们不同的是，天风七子在香港甚至海外的影响要远胜一筹。何漆园办香港美学会，承传广州美学苑遗风；赵少昂在香港继续办"岭南艺苑"。两人私塾式的教学是"天风楼"模式的延伸。二人桃李满天下，弟子遍布港澳台，在美国、加拿大、菲律宾、新加坡等国也有其弟子分布。这在一定程度上，促进了中国画的国际交流，扩大了画学传统的宣扬。从这个意义上讲，"天风七子"的贡献是其他画家群体所难以比拟的。

"南张北溥" 与文人画

　　张大千（1899—1983）和溥心畬（1896—1963）都是上世纪中国山水画坛的风云人物。他们在艺术上的探索及其所取得的成就，在近代中国绘画史上写下了浓墨重彩的一笔。

　　二人自1928年经诗人陈三立（1853—1937）引见在北京相识后，便开始了长达近半个世纪的交游。但他们的名字真正连在一起，代表了当时中国山水画坛最高成就则是在上个世纪三十年代的事。

　　陈师曾（1876—1923）去世后，中国主流画坛派别分歧。各家各派各树一帜，群龙无首。此时，北京之溥心畬自戒坛回到城中，出手惊人，俨然马远、夏圭风貌，颇具

张大千（左）和溥心畲

古典气质，因而声名鹊起。而此时张大千二十余岁，刚刚从日本回国，崭露头角。两人天赋极高，各擅胜场，但其身世却迥异。张大千出身布衣，经历坎坷，所以自称"蜀（俗）客""大千居士"，而溥心畬是道光皇帝的曾孙，曾留学德国，是皇亲贵胄，所以有印曰"旧王孙"。但两人在山水画方面的造诣却是异曲同工。他们一个主南宗，兼写北宗；一个主北宗，偶写南宗。一个写山水乱头粗服，一个则雍容富贵；从地域上，他们一个是南方人，一个是北方人。基于此，1935 年 8 月，北京琉璃厂集萃山房的经理周殿侯首先提出"南张北溥"之说。随后，画家于非闇写下了一篇《南张北溥》的短文，发表在《北平晨报》之画刊，文中写道："张八爷（指大千）是写状野逸的，溥二爷（指心畬）是图华贵的。论入手，二爷高于八爷；论风流，八爷未必不如二爷。南张北溥，在晚近的画坛上，似乎比南陈北崔、南汤北戴还要高一点儿……""南陈（陈洪绶）北崔（崔子忠）""南汤（汤贻芬）北戴（戴熙）"分别是明清时期南北并驾齐驱的画坛领军人物，将张大千、溥心畬与他们相提并论，甚至说比他们"还要高一点儿"，足见二人在当时的地位。另一位署名"看云楼主"的也在《网师园读画小记》中称"海内以画名者众矣，求其天分高而功力深者，当推张大千、溥心畬二家……大抵心畬高超，而大千奇古；心畬萧疏，而大千奔放"。从此，"南张北溥"之名不胫而走。虽然这种称谓最初也许只是出于商业之需，但随着二人在中国主流画坛的影响及在画坛地位的确立，最终他们无可置疑地成为这一时期中国山水画坛的两座重镇。

张大千和溥心畬都是传统的中国文人。他们在诗词、书画方面有很深的造诣，都有诗词、文集行世。在绘画方面，他们都能将传统文人所高扬的笔情墨趣与思想情感通过高山流水、茂林修竹、溪山高逸、丹枫古寺、群峰积雪、深山藏寺等形式表现出来，具典型的文人画格调。陈师曾在《文人画的价值》一文中谈到"文人画"时说，所谓文人画，"就是画里面带有文人的性质，含有文人的趣味，不专在画里面考究艺术上的工夫，必定是画之外有许多的文人的思想，看了一幅画，必定使人有无穷的感想"。在两人的画作（尤其是山水画）中，我们看到了这种离现代人已经有些遥远的文人趣味，如张大千的《望坡岩图》《仿大涤子笔意图》《荷花蜻蜓图》《东坡笠屐图》《薛涛制笺图》和溥心畬的《鲍照诗意图》《对弈图》《尚友图》《巨峰琼楼图》等，传统文人那种寄情山水、借喻人物、依托花鸟来抒写胸中臆气的品格得到生动再现。所谓画是无声诗，诗是有声画，画中有诗，诗中有画，他们的绘画及其题诗便是文人画的典型范例。也正因为如此，当1963年溥心畬在台北作古时，当时海外媒体称之为"文人画的最后一笔"；而二十年后，张大千亦在台湾仙逝，台湾作家高阳也说"中国传统文人画的典型，从此而绝"，足见两人代表的正是现代传统文人画的典范。

"南张北溥"并驾齐驱的鼎盛时期是二十世纪三十年代中期，四十年代后，"北溥"的名声开始式弱，而"南张"因为艺术的创新则如日中天。五十年代后，"北溥"僻居台岛，"南张"壮游欧美。前者继续坚守传统，仍然秦时明月汉时关，几乎销声匿迹；后者则不断锐意变革，毅然古道西风，别开生面，在中西画坛树立一面旗帜。显而易见的是，"北溥"成为传统画家的典范，而"南张"则成为继往开来的一代宗师。

在题材方面，张大千山水、仕女、花卉、竹石、书法无不精工，尤其仕女、荷花一道，工笔、写意兼善，出神入化，近代画家几无可出其右者，甚至被誉为"五百年来第一人"。晚年更擅长泼彩山水，将中国画中泼墨大写意与西洋技法融为一体，为国画的创新开辟了蹊径。而溥心畬于山水之外，偶擅花鸟、书法，题材与艺术形式则仍然保持了原来的模式，这种相对单一与守旧的艺术使其最终难与"南张"相匹敌。应该说，三十年代是"南张北溥"的辉煌时代，在此之后，"北溥"逐渐要逊"南张"一筹。

如今，张大千和溥心畬已成为中国近代绘画史上的里程碑。关于"南张北溥"的提法已成前尘往事。但他们所高扬的文人画传统，仍然成为当代中国画创作的一种境界。即使在今后若干年，这种传统依然具有非常重要的现实意义。

蔡守与《蒹葭楼图》

　　蔡守是近代美术史上一位十分活跃的人物，现在却几乎被人遗忘。他原名有守，亦名为珣，字成诚，号哲夫、寒琼，别署成城子、寒翁、尚多、寒道人、水窗词客、思琅、茶秋客等，广东顺德人，早年就读于上海震旦学校，辛亥以后曾以国画任教广东师范及岭南大学，擅书画篆刻，著有《寒琼遗稿》《印林闲话》等，与当时的学者、书画家、诗人均有往还，与蔡元培、章太炎、于右任、黄宾虹、王福庵、苏曼殊、柳亚子、黄节、高天梅、姚光、邓尔疋、黄景堂等尤过从甚密。其夫人谈月色（1891—1976）亦为书画篆刻家，同为广东顺德人，曾师从黄宾虹，晚年寓居南京以终。

蔡守《蒹葭楼图》　纸本设色
广东省博物馆藏

蔡守《蒹葭楼图》　绢本设色
广东省博物馆藏

蔡守所作《蒹葭楼图》乃为其挚友黄节所作（蒹葭楼为黄节斋号），凡两件，其一为纸本，设色，纵19厘米、横33.6厘米，题记曰："壬子仲夏，晦闻社督将有海上之行，过寒琼水榭诣别，适王子竹虚在座，因即制此《蒹葭楼图》以宠别，哲夫蔡守题记。"钤朱文印："守"。"寒琼水榭"乃蔡守所居；"王子竹虚"即王根，又名静怀，字竹虚，别署迁道人，人称"阿竹""王老竹"，先世浙江籍，客游岭南，后落籍番禺，卒于1924年，年约六十五岁，擅画山水，尤擅仿古，以假乱真。王根天分极高，一出笔便合古人，因而常为古人"代笔"，失去了原创精神，最终未能自成一家。邓尔疋评其画"为吾粤自有清以迄民国之第一流，无论功力天分，远出黎二樵、谢里甫诸子之上。惜以名士气重，淡于进取，郁郁而没"。"壬子"即1912年，李韶清所编《顺德黄晦闻先生年谱》所言是年黄节供职于广东高等学堂监督，并无海上之行之事，蔡守所题正弥补其不足。该图所绘杨柳岸独立之蒹葭楼情形，平畴绿野，水光浩淼。远处山峦起伏，一望无际；近处玉树临风，波澜不惊。无论从技法还是意境看，均属典型的文人墨戏。

另一件《蒹葭楼图》并无创作年代，亦为山水，绢本，设色，纵21.5厘米、横32厘米，题识曰："蔡有守为晦闻制蒹葭图。"钤朱文印"喆夫",白文印"有守"。该图再现了《诗经·秦风》中所描绘之蒹葭苍苍、道阻且长的意境,虽无伊人在水一方,但透过其画却能体会到那种悠长而美妙的构思。

此外,与《蒹葭楼图》同时装裱为一册的尚有蔡守题诗,为隶书,纸本,书文曰:

> 戏所思兮渺何许,百无聊赖独登楼。
>
> 露凝泽畔孤宏泣,月冷沙对断鸿愁。
>
> 难遣伊人壹涧岸,固知吾道在沧州。
>
> 此间谁识凄凄言,写入青缃只是秋。

款署"晦闻先生吟定,哲夫有守供草",钤白文印"寒琼闲诗",朱文印"哲夫"。该诗并不见载于蔡守《寒琼遗稿》中,因此弥足珍贵。

蔡守与黄节既为同乡,又曾为同事,乃学术、诗歌及艺术中的同道,有过非常深厚的交情。他们同为"南社"成员和"贞社"广州分社的组织者。在黄节主政《国粹学报》期间,蔡守为其"博物图画"专栏绘制动植物画图若干。黄宾虹在《寒琼遗稿叙》里有这样一段话:"忆自己酉,余恫时艰,将之皖江,道经沪渎,时黄晦闻、邓秋枚两君刊辑国学丛书，蔡君哲夫共襄其事……""己酉"即1909年，从此记载可知，蔡守在这段时间与黄节等同在此共事。在黄节、蔡守的诗集中也可看出二人交游之轨迹。

蔡守有《小重阳雨中寄晦闻都门》曰：

> 风雨入怀惊节换，忍寒为写忆君诗；
>
> 昨宵着酒俄都醒，今日看花已过时。
>
> 去马来牛成惯见，雄峰雌蝶温相疑。
>
> 京华一卧秋将晚，国士投闲世可知。

另有《晦闻以石印索刻苔华二字口占答之》：

> 雄心竟向中年尽，影堕山林漫独嗟；
>
> 纵荐咏兮谁汝和，更怜君子赋苔华。

黄节则有《题蔡哲夫新得汉六花铜镜拓本》诗曰：

> 恨煞娥眉眼底波，残铜犹得一摩挲。
>
> 秋来憔悴知谁见，醉后低徊奈汝何。
>
> 顽质尚供当世惜，幽光曾阅古人多。
>
> 寄言汉镜台中客，莫为新妆更洗磨。

在1930年夏，蔡守于南华寺搜得北宋庆历七、八年（1047、1048）木造像题记二十一品，倩夫人倾城精拓，遍赠友好，由朱祖谋、章炳麟署端，黄节、缪荃孙、罗振玉、诸得彝、邹安、邓秋枚、刘三、黄宾虹、高吹万、邓尔疋、王蕴章、赵藩等二十四人题跋，极一时之盛。

此《蒹葭楼图》及题诗乃黄节、蔡守二人交游的又一写照，蔡守既画且跋，而且连续画两件《蒹葭楼图》，已是极为不易的了。

诗僧苏曼殊的画迹

苏曼殊是近代有名的诗僧，同时亦擅绘画，他的英年早逝不仅使近代文学史失去了一位成就卓著的诗人、小说家，同时也使美术史上过早地丧失一位才华横溢的画家。他原名戬，字子谷，后更名元瑛（一作玄瑛），广东香山人，早年留学日本。在诗词、小说及绘画上均有独特贡献，有《断鸿零雁记》《苏曼殊全集》《曼殊遗墨》等刊行。

平时大家多注重苏曼殊在诗歌、小说、佛学方面的成就以及为僧的经历，但对其在绘画方面的造诣则知之甚少。其实，苏曼殊在画学方面的成就并不亚于诗文。早在1919年，苏曼殊的好友、书画家蔡哲夫便编辑刊行一本《曼殊上人墨妙》，收入苏曼殊画作二十二件，影响甚大。1999年

苏曼殊《山水图》卷（部分）
广东省博物馆藏

苏曼殊《蒹葭楼图》　绢本墨笔
广东省博物馆藏

朱少璋先生再将其重新刊订，命名为《苏曼殊画册》，使人们能够更直观地了解这位传奇僧人的艺术成就。遗憾的是，这些画册均为黑白制版，且年代久远，原作大多已经散轶，人们无从清晰认识其画学之真实面目。所幸广东省博物馆藏有苏曼殊的画迹两件，对于重新认识这位多才多艺的画僧无疑具有深远的意义。

苏曼殊的两件画迹分别为《蒹葭楼图》斗方和《山水图》卷。

《蒹葭楼图》是苏曼殊为黄节所画。"蒹葭楼"1902年建于广州河南龙庆里，院宇三楹，庋书万卷，以取《诗经·秦风》诗义而名。该图为一幅纵22厘米、横31厘米的绢本墨笔斗方，苏自己并未题识，而是由黄节题记，并述其原委：

> 蒹葭图。今晨下笔忽得友人书，速赴南约，故属弱妹蕙子勉续成之。昨日凌晨登舟，是役拟于马来群岛小作勾留，然后南入印度，巡视法显、玄奘遗迹。异日重归唐土，当更为公作蒹葭第二图也。今图乞公自为题记，且证我重入五天之缘可也。己酉十月廿六日曼殊自江户书来，寄予此图，庚戌四月十八日得哲

夫书，知其方客耶婆采对此苍茫，益增我诉洄之思耳，黄节题记。

钤白文印"珠江好山水"，朱文印"晦闻"及"禅印"。

从题识内容看，此图作于1909年，寄自日本江户。前文虽系苏曼殊口吻，但从前后墨迹和书风看，则系黄节一人手笔。题中所谓"蒹葭第二图"，苏曼殊在1912年4月间自上海致函黄节的信中称"《蒹葭第二图》当于白云深处为吾居士下笔耳"，现刊载于朱少璋编订的《苏曼殊画册》和黄永健先生的论著《苏曼殊诗画论》中，但原迹是否尚存，则不得而知。

1908年，黄节与苏曼殊同居沪上藏书楼数月；1918年，曼殊没前三日，尚嘱高剑父致书告黄节将不起，足见二人情义之深，但二人交游更多的是体现在诗画的酬唱中。

苏曼殊平生绘有多幅画作馈黄，黄亦有多首诗题其画，这在《苏曼殊全集》及《蒹葭楼诗》中均有反映。1910年，黄节有《庚戌十月初十夜月中怀曼殊海南》诗。翌年，黄节有《辛亥三月雨夜无聊，观曼殊画，因题一律，于是与曼殊别已五阅星霜矣，哲夫宝爱此册，岂徒在画耶》；曼

74

殊在日本时，黄节有《曼殊自日本寄画作风絮美人题为调筝人绘命之曰春愁赋此答之》（一作《曼殊自东瀛寄画作风絮美人题为调筝人绘赋此慰之》）。1918 年，曼殊仙逝，黄节有《戊午六月江干视曼殊殡》（又题《江干与滨虹视曼殊殡》）诗。1930 年，黄节有《曼殊遗画：一老僧背夕阳扫落叶，三十年前同寓江楼写以诒予者。题语属秋枚代书云：寒风萧瑟，落叶打肩；居士命画，作此质之，居士得无有夕阳无限好之感邪？夏日展观，黯然题句》诗，发出"亡友残缣三十年，西泠宿草日芊芊；扫除未了残阳叶，依旧江楼负手前"的感喟。其他若《曼殊别五年忽南归见过一醉即去追寄以诗》《十二月初六日书寄刘三、贞壮、曼殊寒隐》《怀曼殊》及苏曼殊的《寄晦闻》诸诗，均可看出两位性情中人的不寻常的文字因缘。

此《蒹葭楼图》是二人诗画交游的又一反映。该图体现出苏曼殊一贯的绘画风格。远山淡影，雁阵南飞，近处孤树，一叶轻舟泛于江上。画面虽然系春天之景，但给人幽寂的感觉。广东省博物馆收藏的另一件《山水图》卷，也与此有异曲同工之处。时人邓秋马评其画"用笔别致，章法奇趣"，观此图，则"奇"字立见矣。

《蒹葭楼图》其实是广东省博物馆藏《蒹葭楼图》册

中的一部分，其他名家若陈树人、蔡守、潘和、周竹轩、黄宾虹、王根等也均作有《兼葭楼图》，册后分别有蔡守、邓尔疋、黄节（自题）、黄景堂、潘飞声、杨其光、江孔殷、黄孝觉、黄钺等题跋，具有极高的艺术与文献价值。

《山水图》是苏曼殊的另一件艺术佳构，该画为水墨山水卷，引首有苏曼殊好友王献唐题篆书"燕子龛遗画"。卷中有苏曼殊长题，论述山水画源流及其嬗变。整幅画卷构图极为简洁，所画在水一方的浅山与荒寒的山丘隔江相望，江中两叶轻舟徐行，数行大雁飞行于广阔而荒凉的江面，这使人想起苏曼殊著名的小说名：《断鸿零雁记》。苏曼殊用笔淡雅，线条简单，极少用传统山水画中皴擦之法。在墨色方面也是尽可能简淡，用枯笔表现出江寒之景及其内心之冷寂，其萧疏、淡远之意境跃然纸上。当时苏曼殊有不少好友吟诗题其画，其中蔡守题《江干萧寺图》诗云：

江光寒照人，黯然与师别。

桥头有孤印，枝枯不堪折。

沈尹默也有《己酉题曼殊画册》诗，中有"剩看一卷萧疏画，合化荒江烟雨飞"。用他们的诗来解读苏曼殊这幅画的意境，是再恰当不过的了。

此画还显示，苏曼殊的绘画其实是其孤寂的诗歌、小说的一种延伸，是其生命意志的再现。这与大多数专业画家刻意注重画作内容与形式的统一是有本质区别的。他没有在绘画的语言如布局、皴法、用墨、赋色等诸方面刻意求工，而是将心中的郁闷、冷寂通过简淡的笔墨无限地张扬出来，让人们在这种不求工而自工的萧然中受到心灵的震撼，从而产生共鸣。这是阅读苏曼殊画作所得到的最直接的审美体验。从这个意义上讲，苏曼殊不是一个真正的画家，而是一个披着袈裟的诗人、蒲团上打坐的悟道者。

苏曼殊也擅长书法。2004年初在京、粤两地举行的"广东历代书法展览"中，展出一件他的书法手卷。该卷不是全部以汉字为书写对象（其中包括英文等），但我们透过其纯任自然的笔触依然能领悟到作为一个诗人、画僧独特的书风。这种书风颇类明清之际僧人书法中体现出的山林与出尘笔意，意境与其画迹是一脉相承的。

陈树人与自然美

　　大凡中国绘画，若山水、花卉、虫鱼、鸟兽等，多以自然为宗，其中尤以山水为甚。以故具永久生命力之艺术佳构，均兼自然与艺术之美。古人所云"外师造化，中得心源"，即是此理。岭南画派创始人陈树人亦深谙此道，并运之于笔，因而在其具有浓郁岭南特色的花鸟与山水中，可以领略到这种纯净之美。

　　陈树人早年追随居廉门下。居氏以撞水、撞粉之法享誉岭南，花鸟草虫，涉笔成趣。陈氏侵淫既久，早期作品受其影响颇深，如牡丹、湖石之属，不独居氏影迹可寻，瓯香馆没骨之法亦可鉴。既而求学东瀛，与高氏剑父、奇峰谋求国画变革，折中中西，画风为之一变。少顷，更远

78

涉重洋，至加拿大、美国，并返回国内，辗转于广东、桂林、重庆、峨眉、庐山、南京、杭州之间，遍历佳山水。阅景已多，烂熟于心。所谓读万卷书，行万里路，在陈氏画作中得到体现。所绘落机残雪、高原归猎、三潭印月、断桥残雪、莫愁湖、峨眉山月、剑门秋色、庐山轿夫、巫峡高秋、白门杨柳、鼎湖飞瀑、鄱湖远眺、雪拥蓝关马不前、娘子关秋色、月黑风严螺子崖、月牙山秋月、北固山、叠彩山、庐山远眺、白塔、东湖等等，既为实景写生，又系精心创作，山水因陈氏之笔而得神，其画因山水之灵而得韵。形神相参，兼善其美。友人刘海粟称其画"以逸笔写生，自出机杼，风神生动，一扫古法，实为努力开辟新纪元者"，并谓"树人实自然之讴歌者，能突入自然核心而获得其生命者也"。观陈氏山水写生之作，益觉斯语之不谬。

陈氏乃激情迸发之诗人，对自然心怀景仰、感恩之情，并笔之于诗、画。诗歌方面，《自然美讴歌集》是其杰作，蔡元培称其可与王维唱和，异曲而同工，也即所谓"诗中有画"；绘画方面，上述山水之外，陈氏大量笔触歌咏的是"瑰丽之红棉、秾艳之桃花带雨、飘逸之芦苇、婀娜之新柳，飞鸟鸣禽，俱步高调，不同凡响"（徐悲鸿语）。他若

79

梅竹、红叶猴子、夏柳、古松、立马、高山、白荷、山家春色、暝色、牡丹、天竹、孔雀、冬瓜、枇杷、紫云等等，更是孕之于心，挥洒于纸。而岭南地区的风物如红棉等正是他笔下常写常新的题材——以"岭南春色"为主题之花卉画即有数幅。此类画，冲淡、自然，画面秀丽、明快，以清劲之笔写文人之气，所以时人称其"画中有诗"，是典型的文人画，这与高剑父的霸悍、高奇峰的雄奇是截然不同的。

陈树人一度身居要职，既是艺术家，也是政治家。徐悲鸿称其"从政余暇，仍以精诚创造作品"，因而与"二高"相比，显得较为"业余"，但其"绘画之作风为春光骀荡，直抒胸臆，又变化多门，锐意创格"，诚非一般画家所匹敌。

新国画运动与方人定

民国时期在广东画坛掀起的新国画运动实质上是岭南画派倡导的一次国画改良运动。在这样一场不见硝烟的战役中，改良派以其特有的艺术敏锐和革新精神，在一向被认为是保守、沉闷甚至有些僵化的国画界激起了波澜。虽然这种带有明显派别之争的画界运动直到现在仍然在学术界存在分歧甚至非议，但其创新意识是无可挑剔的。无论其绘画的艺术性、革命性如何，他们在艺术史上的地位是不可忽视的。

在这场轰轰烈烈的运动中，有一个画家显得似乎有些另类。他不以花鸟为能事，不人云亦云，更不在风口浪尖中获取耀眼的光环。他就是以人物画见长的方人定。

在岭南画派诸家中，以人物见长者并不鲜见，如黄少强、方人定，也有一些画家以花鸟而兼擅人物，如高剑父、陈树人、李抚虹、赵少昂、何漆园等。黄少强的人物以走向民间、关注民生为主题，反映了大变革时代人物画所展示的成教化、助人伦的美学价值。方人定的人物则以绘画技巧的革新和语言变革为主线，既关注社会，反映现实，也追求形而上的审美情趣。他在新国画运动中一度充当了高剑父的喉舌，成为岭南画派宣传阵营的代言人，因而减弱了人们对其绘画本身的客观认识。实际上，他在人物画的探索与创新方面具有同样的影响力。这种影响来自于他在新国画运动中所扮演的重要角色。

人物画不是岭南画派的主流，在清代以来的绘画嬗变中也一直处于弱势地位。但在新国画运动中，人物画因有黄少强、方人定等人的参与而使其与花鸟画、山水画相比未遑多让。这不能不说是方人定们在艺术道路上不入流俗且勇于革命的专业精神所起的巨大作用。无论人们对于岭南画派如何评价，无论对岭南画派画家如何定论，作为新国画运动的代表者，方人定等人的人物画是功不可没的。相信随着大浪淘沙，这种认识会成为美术史学界的一种共识。

当然，新国画运动并不是岭南画派的专利，更不为春睡弟子们所专美。在当时广东画界，岭南画派以外的画家们仍有不少是以独有的方式进行着新国画的探索。他们中有包括被认为是保守派代表的广东国画研究会成员，如李凤公、黄君璧、潘和、潘达微等，也有不少是以西洋画为擅长的"西派"画家，如林风眠、吴子复（1899—1979）等。在一些纯以西洋画面貌出现在世人面前的画家如李铁夫、司徒乔等人的传世画迹中也发现了一些鲜为人知的国画作品。这说明，在当时以西润中、中西合流的思潮中，新国画运动似乎是一种时尚，是所有具有革新意识的中国画家面对国画前景所作出的前瞻性选择。

再回过来看方人定等人的人物画，便可发现这种潮流不是偶然的，也非一朝一夕之功。这是特定历史时期广东绘画界的一个缩影。完全有理由相信，透过春睡弟子们的艺术一角，我们便可了解新国画运动的过去、现在与未来。

吴子复书画兼擅

在岭南地区大凡从事书画工作者，几乎没有不知道吴子复的（尤其是在书法圈中），这多半取决于他在书法篆刻上的名声。在书法篆刻之外，吴子复也是中国早期的油画家，受西方野兽派影响较大，后来亦擅画山水。虽然绘画影响远不及书法篆刻，但却反映出一个学贯中西的传统文人的多方面艺术才能。

吴子复原名鉴，又名琬，字子复，上世纪四十年代后以字行，别号宁斋、潭庐、伏叟等，原籍广东四会，出生在广州西关。祖上以打磨银器为业。吴子复本人曾受过私塾、高等小学、国文专修科、英文专修科、市立美术学校等各种旧式和新式教育，因此既具有深厚的国学功底，

月落烏啼霜滿天江
風漁火對愁眠姑蘇
城外寒山寺夜半鐘
聲到客船

庚春同志大雅屬 張繼七絕一首楓橋夜泊丁巳七月二十四七十九嵏子復

吴子复《隶书张继诗轴》（苏庚春上款）

85

也不乏西学的影响。他于 1926 年毕业于广州市立美术学校，与李桦、赵世铭等同学组织"青年艺术社"，并编印《青年艺术》，是近代广东美术社团活动的先行者。后来他随关良（1900—1986）一起参加北伐军的宣传工作，在二十世纪三十年代曾执教于广州市美术学校，从事油画教学，课余则潜心临碑。不久，日夷入侵，他一度回四会老家暂避，稍后随胡根天（1892—1985）北上韶关。1940 年后任广东省立艺术专门学校美术系主任。抗战胜利后旅居香港。1949 年后，吴子复归居广州，历任广州市文史研究馆馆员、广东书法篆刻研究会副主任等职。

吴子复的艺术成就主要在书法与篆刻。在书法方面，又以隶书成就最为突出。吴子复早年的书法既受到何绍基影响，也受广东书家林直勉的感染，但总的来说，得力最多的还是汉碑。他主张学习汉碑需有层次，由易到难，其中最主要的有六种，他将其排列为《礼器碑》《张迁碑》《西狭颂》《石门颂》《鄐阁颂》《校官碑》。他认为这六种汉碑是一切书法点划形式的祖宗，魏晋以后的书法无不从此枝分叶布。因此，他侵淫既深，得道亦深，我们在他的隶书中所看到的古韵即是其深得六碑堂奥的结晶。如作于 1919 年的《隶书四言联》便具有很深的这种痕迹。这种

"痕迹"可代表他早年书风。

吴子复并未局限于一家一式，而是兼收并蓄，广采历代名碑法书，将己意与古韵相结合，因而形成了自己的独特书风。他的书法大抵以平和秀雅为貌、以冲淡古风为神，波澜不惊，平铺直叙，反映出他以出世之笔写入世之字的定力，不是一招一式可以偶得的。

吴子复传世书迹中，绝大多数为隶书，除广东省博物馆、广州艺术博物院等公库偶有收藏外，作品大多集中于他的后人及其他私人藏家中。广东省博物馆所藏他为李棪斋所写《隶书轴》便是其书风的典型反映。此书结体平稳，点划精到，深得汉韵三昧。这类作品在吴氏传世诸作中较为多见，其他如其为书画鉴定家苏庚春所书《隶书轴》等也属此类。该书作于 1977 年，用笔细劲而宛转流畅，代表了晚年的成熟风格。现在所知道的吴子复书风，也多是这类风格。笔者曾应广东省档案馆之邀为其入藏之部分名家书画作鉴定，其中一批由广东省政府移交的当年在主要厅、堂悬挂做装饰的无数名书画中，便有一幅吴子复的隶书毛泽东咏梅诗大中堂，其书风亦与吴氏书赠苏庚春先生之作相类。据此可见吴氏是以这类风格鸣于世的。

不过在吴氏书迹中，也不乏行书，如 1942 年致画家胡根天的信札便是一例，反映出他淡逸而潇洒的小行书风格。这类作品因其实用性反映其书风的另一面，也即率真、平实而敦和的风格。但作为独立的书法成品，吴子复的行书还是不多见的。其他书体也是如此。

由于吴子复在广东书坛的影响，早期广州的很多牌匾、碑刻多出自吴氏之手，一时影响甚巨。其中最为人称道的莫过于广州镇海楼的鸿篇巨制，它们分别是"镇海楼""广州博物馆"以及镇海楼之长联"万千劫危楼尚存，问谁摘斗摩霄目空今古；五百年故侯安在，使我倚栏看剑泪洒英雄"。三题均为隶书，"镇海楼"三字用方笔，"广州博物馆"五字用圆笔，而长联则方、圆并举。三题中，长联最引人注目。该联乃晚清湘籍名将彭玉麟幕僚李棪华所撰。联文已将镇海楼这座岭南名楼所经历的世纪沧桑概括得淋漓尽致，再配以吴氏遒健多姿的隶书，显得格外的气势磅礴。正可谓名楼、名联、名书相得益彰，足以传颂千古。其他较为著名的有广州中山纪念堂的总理遗嘱碑。该碑曾一度被目为胡汉民（1879—1936）所书，后经吴氏子吴瑾考证、研究，认定为吴子复书作。据此亦可看出吴氏之书与广东另一个隶书名家胡汉民书风有形似之处。

吴子复的书体在广东地区影响较大，一时临习之人极多，所以有人称之为"吴体"。在他的传人中，比较有名的有张奔云、关晓峰、何作朋、李伟、李家培、陈作梁、林少明、陈景舒及其子吴瑾等，目前已形成了当代岭南书坛的一大群体，成为广东书法的一支生力军。可以说，吴子复在广东的影响已经超越同时期的很多书家，他的弟子们又以其书艺传承下去，绵延不绝。所以笔者在专著《岭南书法》中专辟一节，对其书法及其在广东书法史上的地位给予肯定，可谓实至名归。

吴子复的篆刻虽然远不及书法影响之大，但已形成自己风格，在近代印坛可圈可点。马国权在《近代印人传》中对其治印给予很高评价，认为他"晚年作印，纯以其书法出之，固无视皖浙，亦不论秦汉，自用印尤多佳构"。他在中年开始治印，与篆刻名家冯康侯（1901—1983）交善，多有切磋。他还专门写有《篆刻艺术》一书，提出了对篆刻的独到见解，认为"书法与篆刻所用以构成形式者，不外为线条。线条必须有量感"。他所谓的"量感"，就是"在平面上画一条线而使人觉得仿佛是一条树枝向空间凸起。而古印有不少剥蚀处，必须从剥蚀处寻韵味，不必想象其当年完整之状"，这其实就是美学上常说的残缺之美。吴子复将其运用到书法与篆刻中，说明其创新之处异于常人。他还强调在篆刻中一定要融入作者的思想情感、个性甚至人格，否则只能是一种技术而非艺术。这一理论对于那些在篆刻（或其他艺术创作）上只追求一种技巧和形式美的人来说，无疑是一剂良药。吴子复是这样说的，在他的作品中也可以看到，他也是这样做的。在其篆印专辑《野意楼印赏》中，可以清楚地看到这种风貌。

吴子复治印之影响相对于书法而言略显式微，其传人也远不及书法之多，主要传人有其子吴瑾、吴琚及香港的书画家区大为等。

世人固多见其书法、篆刻，而鲜知其绘事。他早年擅长油画，鲜有知其擅长国画者。对于中国画，在二十世纪二十年代，他在《关于国画的一点意见》中认为当时的国画界存在两种思潮，一种"以为我们固有的国画非给它一种西洋的方法改良不可"，一种"以为国画自有国画的古法，古法一失，国画将随之而灭亡，从事国画就非恪守古法不可"。在吴子复看来，这两种各执的偏见都是一样的肤浅，都是一样不明艺术的根本意义。他认为国画没有得到改进，其主要原因在于当时的国画界没有具体的艺术理论、墨守古法和缺乏世界的观念。他尤其注重世界的观念，他说："我们的国画家，能够把以前的那种既成的观念推开，来从事自由的创作的时候，我希望他们不要忘记了这是世界底事业，留心着世界的文化的进程，一同赶上去，这才不失为艺术家的本色。不然，你们还是躺在荒芜死寂的园里，恋抱着古代艺术的遗骸，作五六百年前的残梦，你们就是被时代遗弃的一群落伍者罢了。"他的这种论点，显然既不雷同于当时"折衷派"的改良思想，也和完全西化的思想有所区别。遗憾的是，在这段时间里，几乎没有见到他的国画作品。现在所能见到的画作，多为六七十年代所作，题材方面则多为山水。

吴子复的山水，总的来讲仍属于传统的笔情墨趣一路。其构思、意境及笔法多具文人画之意趣，在画中融合了一个诗人、文人的思想。无论是画溪山，还是画茂林，抑或茅屋，都充满了轻松的情趣和文人的情思，既没有那些一味坚守传统的国画中常见的古板，也没有那些完全融合西洋画风格的国画中所见到的张扬。他的画在色彩、技法方面可以说集古法与西法于一体，有论者称其画"饶有古意，墨守六法，色彩谐和"，应该说是比较中肯的评论。他的画常常缀以小诗，使人们在其画面之外，深层次地了解其内涵。如作于1972年的《山水图》中便题诗曰"一径汾崖踏苍壁，半坞寒云抱泉石。山翁酒熟不出门，残花满地无人迹"，表现出一种远离尘嚣的世外之境。他的山水行世不多，且并非其特长，唯其如此，得之者往往珍同拱璧。吴子复的国画不属于专业绘画，所以在近代岭南绘画史上的地位远远不及其书法与篆刻，但其绘画丰富了近现代广东美术的构成，成为广东"多元化的画家群体"中的重要组成部分，因此关注他的国画，对于了解近现代广东美术的状态是具有佐证意义的。

吴子复也长于文论，上世纪三四十年代曾撰有不少关于新旧国画论争的文章，在当时影响较广，在近代中国美术史上也具有广泛影响。其子吴瑾将其历年杂文整理为《吴子复艺谭》一书梓行，凡是研究近代美术理论者，未尝不以吴氏理论为参照。这本文集于研究近现代西洋画对中国画的影响、时人对改良中国画的看法以及民国时期广东的美术状况等多方面都具有重要参考价值。

吴子复是近现代杰出的书法篆刻家、美术理论家，中国早期的油画家，他的生平事迹、艺术历程、艺术风格以及在近现代美术史上的地位等诸方面尚需进一步的研究和确认，关于其书迹、画迹及文献资料等尚需深层次的梳理与钩沉。近半个多世纪以来，已有不少学者对其展开研究。欣闻其子吴瑾多年来潜心搜集、整理其作品及相关资料，日积月累，已然可观，近日更得政府襄助，得以付梓，可谓功德圆满，其嘉惠学林之功，当永远铭刻于世。

不该被遮蔽的美术个案

现代美术史上，人们对李铁夫可谓耳熟能详。他在现代油画史上的地位已有定论。大凡研究广东绘画史或中国现代美术史者，都视其为一座不可绕过的高山。但对于李铁夫的弟子马家宝，恐怕在中国内地，知道其名的人可谓寥寥无几，那就更不用说对其画风的了解了。

究其原因，主要在于马家宝长期生活在香港，远离美术活动中心。话语权的缺失必然导致其人其艺被人遗忘。因而在相当一段时间，美术界对于马家宝的名字是陌生的。

可喜的是，在马家宝曾经活动的香港地区，已有人开始注意到这种不正常的现象。现在已知的是，香港地区已有学者将其列入硕士研究的课题，有关机构正筹备大型的展览及相关学术活动。这种带有考古性质的发掘及其宣扬，无疑使渐行渐远的马家宝及其艺术浮出水面，让人们在尘封的记忆中追寻到这个在美术史上不该被忽视的传奇人物。

各种资料显示，马家宝的艺术奠基于二十世纪四五十年代，成熟于六十年代，升堂入室于七八十年代。饶有兴味的是，马家宝事业走向辉煌之时，正是内地美术界一切为政治服务的年代。在那个激情燃烧的岁月，无数的画家将青春与艺术奉献给了政治，因而在画中表现出的多是符号化的政治语言，或者是人云亦云的程式化模本。崇尚个性的画家被磨灭了棱角，大众化的题材成为画家们的不二之选。但正是在这个年代，僻居香江的马家宝仍然我行我素地挥洒于自己的艺术天地，在画中以自然主义、写实主义为艺术理念营造自己的艺术世界。他的人物画像、静物和风景写生在其师李铁夫的基础上自立门户，形成自己的特色，这在当时主流美术圈中，可谓另类。但正是这种可贵的"另类"，让中国现代美术史变得丰富多彩。单就这一点来讲，马家宝在现代绘画史上的地位也是不可忽略的。

另一方面，马家宝以传统学养润泽其油画，在国学与西学中找到一个衔接点，并在其画中加以放大，无论是色彩的运用，还是题材的选择，或者所要表达的艺术精神，都表现出鲜明的个人特色与文化内涵。马家宝同时也擅长中国画、书法，这种传统文化的滋养，更使其油画有别于时流，使人在油画之外体验到别样的意趣。

当然，关于马家宝及其艺术，需要有更深入的探究与学术梳理。相信随着研究的深入，马家宝将被越来越多的人所认知。而他在现代绘画史上的地位，也必将重新被确立！

苏卧农与画坛革新

　　苏卧农是岭南画派中画风比较特立独行的一个。他是高剑父的大弟子，在春睡画院亲承高师教泽。1949 年后，一直从事美术教育。和高剑父相比，二者画风迥然不同。这是一种艺术上的叛逆，这种"叛逆"是老师之"幸"，也是艺术之"大幸"。古人所言"学我者生，似我者死"，苏卧农深得个中三昧。

　　苏卧农的"叛逆"，正是其艺术革新精神的体现。他的画，既有传统的笔墨技巧，有来自于恽南田、宋光宝、孟丽堂、居巢、居廉一路的没骨花卉；也有来自于日本画中对于环境、气氛的渲染以及物象的晕染。这种画风带给人的是淡逸清新、充满生机的气象。和其师高剑父霸悍雄奇的

苏卧农《石榴多子图》　纸本设色

广东省博物馆藏

画风不同的是，在其画中，能感受到一种视觉的柔和与优雅，是诗性美与艺术美的结合体。

苏卧农的这种画风，连同其他岭南画派弟子的，常常被认为有一种"甜熟腻"的倾向。其实，这并非革新带来的结果，而是在一定时期绘画风格发展的必然。晚清以来的上海、岭南地区，随着市民文化的发展与商业文明的兴盛，这种艺术倾向在自觉与不自觉中影响到画家的创作，无论在虚谷、赵之谦、任伯年、吴昌硕，还是在苏仁山、苏六朋、居巢、居廉、高剑父、高奇峰、陈树人等人的作品中，都会找到这种痕迹。这种影响一直持续至今。这和岭南画派所高扬的革新精神是没有必然因果关系的。

再说，"甜熟腻"的风格并非贬义，它应该是一个中性词，是对一种绘画模式的客观描述。这种风格的形成反而说明岭南画派是一种游离于高雅艺术和大众美术之间的艺术形式，这与其创始人一开始就主张的现实关怀的审美取向是一脉相承的。苏卧农在画风的革新中，和其他高氏弟子们成功地完成了艺术上的转型。他没有拘泥于"折中"的中国画改良，也没有桎梏在老师们的阴影中，更没有与同门师兄弟亦步亦趋，而是在第一代画人艺术精神的基础上，运用自己娴熟的艺术技巧，在技法的革新与意境的营造中发一家之言，成为第二代传人中艺术成功的典范。

艺术的革新总会带有一定的冒险性。那就是革新的结果会否带来绘画格调的降低。这种担心对于苏卧农来说似乎是多余的。从他行世的大量花鸟画和人物画中，可以看出，他在努力塑造一种现代绘画的氛围。这种氛围介于文人画与非文人画之间。他通过花鸟的形似、人物的传神以及极具诗情画意的衬景来烘染这种氛围。很显然，这种形而上的追求为其画的革新带来了艺术感染力，为认识他的绘画格调提供了依据。

苏卧农的画风是岭南画派传人中独树一帜的表率。他没有刻意去求革新，也没有刻意去追求格调，但客观上为岭南画坛带来了革新，升华了格调，为画坛吹来了一股清新气息。这是他在墨田中默默耕耘的结晶，是在无数次的艺术探索中为当代画史所作出的杰出贡献。

怀念启功

2005 年对于文物鉴定界来说，无疑是令人震惊和悲恸的一年。这一年的 6 月 30 日，受人尊敬的书画鉴定大师、书画家、学者启功（1912—2005）以九十三岁高龄仙逝。在此之前，虽然坊间早已传出其病重的消息，启功先生以高龄归道山是意料中事，但真正得到这一噩耗时还是觉得有些突然和悲怆。随后，海内外的各大报刊都在显著位置作了醒目报道，其中以《中国青年报》上之行文最引人瞩目："中国文化出现断层，大师时代渐行渐远"。

启功是国家文物鉴定委员会的主任委员、中国古代书画鉴定小组的组长，是国内不多的书画鉴定权威之一。长期以来，他与故宫博物院的徐邦达（1911—2012）和刘九

启功与业师陈垣（右）在鉴赏书法

庵（1915—1999）、上海博物馆的谢稚柳（1910—1997）、中国古建研究所的傅熹年、辽宁省博物馆的杨仁恺（1915—2008）、中国国家博物馆的史树青、广东省博物馆的苏庚春等被奉为书画鉴定界的泰斗。八十年代开始，以启功领衔的中国古代书画鉴定小组在全国范围内开始一场中国艺术史上前不见古人、后不见来者的壮举，那就是对现存古代书画进行全面的鉴定并编印相关资料。这次鉴定的目的在于摸查全国公库所藏历代书画并协助各单位鉴定藏品和品评等级，为美术史研究提供第一手可信的材料。这次鉴定历时近十年，遍及全国几乎所有收藏字画的大小博物馆、美术馆、文物商店和文化教育机构，其鉴定范围之广、寓目书画之多、所历时间之长，不啻史无前例，即使将来，也难以再续盛事。因为有了这次鉴定，美术史上原来悬疑的作品得到了澄清，各大博物馆中藏在深闺人未识的珍稀字画走出冷宫，走进美术史。鉴定的成果是显而易见的：编辑了《中国古代书画目录》十册和《中国古代书画图目》二十四册，《中国绘画全集》和《中国书法全集》已陆续梓行或正在编辑中。启功在这次鉴定中，起着举足轻重的作用。他不仅是鉴定小组的"领导人"、组织者，更是鉴定小组的执行者，几乎大大小小的鉴定他都参加，事必躬亲。大凡未曾过眼的作品决不轻易表态、签字，足见其严谨及不苟之学风。这次鉴定，不仅使国家摸清了书画收藏的家底，也使包括启功在内的鉴定小组成员名声大振，启功作为书画鉴定权威更是世人皆知。

笔者因供职于博物馆书画组，有幸两次亲炙教泽。一次为1992年底，启功先生到广州举办书画展。当时，为即将在广州市文明路落成的广东省博物馆新馆征求展厅题名，

103

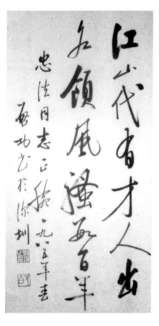

启功《行书七言句条幅》
1985 年作　纸本

我和同事到先生下榻之宾馆拜见。之前已有启功先生的老友苏庚春先生电话引荐，故见面时一见如故。当我们说明来意后，先生当即爽快答应，并让我们在客厅稍事休息，不一会，他拎着还散发着墨香的"书画馆"和"馆藏工艺荟萃展览"两张条幅出来，像小学生一样开心地说："作业完成了。"其率真的个性与平易近人之作风至今记忆犹新。第二次是在 1994 年底，国家文物局和故宫博物院联合举办"全国古书画鉴定高级研讨班"，笔者作为学员参与其中，启功先生作为导师为我们讲述书画鉴定的相关知识。当时所讲的内容由于时间久远，现在已经有些模糊，但他所倡导的求实学风及表现出的诙谐、乐观的个人魅力给人留下了深刻的印象。

启功先生同时也是一个学者。他在古文字、古汉语方面的造诣，早已为学界所推服。他的《古代字体论稿》《汉语现象论丛》成为这一领域的扛鼎之作。

启功更是一个驰誉中外的书法家、画家，他的书画作品雅致清逸，得传统文人书画之遗韵，一直受到美术界和收藏界的追捧，1984年更被推举为中国书法家协会主席。

启功也是一个诗人。他的格律诗意境高深，有感而发，不落俗套，深得学界好评。

像启功一样的大师越来越少了。书画鉴定大师谢稚柳、刘九庵、苏庚春等也相继驾鹤西去，其他大师也都到了垂暮之年。在我们现行的文化背景下，很难再产生像启功一样博学与专精相融合、以诗书画名于世的传统文人。所以，大师时代，渐行渐远，这已成为现代文明的一种必然。在回顾2005年哲人其萎之时，我们不能不为这种文化的失落而喟然久之。

纯任自然的谢稚柳书札

谢稚柳是国家文物鉴定委员会委员、书画鉴定家，与启功、徐邦达、杨仁恺、刘九庵、傅熹年、谢辰生等同为中国古代书画鉴定七人小组成员，著有《鉴余杂稿》《敦煌石室记》《水墨画》《中国书画鉴定》等，在书画鉴定理论与目鉴方面，厥功至伟。

作为一个学者型书画家，谢稚柳的书法也极具特色。其书从明代陈洪绶上追至唐朝张旭，在临习前人的基础上，逐渐形成典雅而极富文人内涵的书写风格。

最能反映谢稚柳书法特色的是其无拘无束的信札。由于信札具有一定的私密性，作者在书写时一般不会注重其笔法和观赏性，因而往往更能体现出作者的真性情。现存

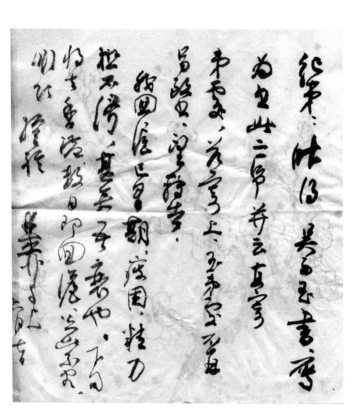

谢稚柳致梁纪信札

谢稚柳的书札中，笔者所见最多者为其致弟子梁纪、吴灏及其友朋如杨仁恺、苏庚春、张大经等人的信札。这些洋溢着老一辈书画家艺术情趣与清玩雅集的书札就很能说明此点。

吴灏和梁纪是谢稚柳在广东的两个弟子，以画花鸟著称，兼擅山水。他们与其师有着数十年的交往历程。在电子邮件和电信资讯尚未应用于书信往来的二十世纪中期，远隔千里之外的师徒，大多靠鸿雁传书，因而为我们留下了这些难得的艺术作品。笔者有机会观摩了大量的谢稚柳致吴灏和梁纪信札，感悟颇深。

谢稚柳书札的意义在于：一是为我们保留了大量的珍贵史料，通过这些饱含深情的只言片语，可了解到谢稚柳的交游圈、当时的美术环境、艺术活动等，可以补正史之不足，具有一定的文献性；二是这些书札不是以书法创作为目的而书写，纯任自然，不假雕饰，更能体现谢稚柳书风的真实面貌，具有不同于普通书法作品的艺术性；三是，作为一个学者和传统型文人，在其书札中，谢稚柳的风雅、博学展露无遗，使我们透过其不拘一格的，包括毛笔、钢笔、圆珠笔在内的各类书札，了解到一个艺术大师的另类风采。这是我们即使在饱览其大量书画作品后也无法找寻到的别样认识，有助于全面研究与透析谢稚柳的艺术风貌。

　　应该说，对于一个艺术家的认知，即便掌握的资料再丰富，也很难完全洞悉其艺术全貌，最多就是离艺术家更近一步。而阅读与欣赏谢稚柳的书札，就是拉近了我们和一个多才多艺的艺术大家的距离，其在美术史上的意义不可低估。

苏庚春的"法眼"

苏庚春是国家文物鉴定委员会委员，书画鉴定家。他字更淳，河北深县人，1924年12月出生于北京的古玩世家。自小秉承家学，又博闻强识，从父亲苏永乾先生在北京琉璃厂经营字画古董行——贞古斋，后又师承夏山楼主韩德寿先生，年纪轻轻便练就了一双鉴别书画的慧眼。当时与刘九庵、王大山、李孟东并誉为"琉璃厂书画鉴定四大家"，郭沫若先生曾赞赏其"年少眼明，后起之秀"。1956年公私合营以后，苏庚春任北京宝古斋书画门市部主任等职。1961年，他应当时广东省副省长魏今非的邀请，调到广东省工作，从此广东书画文物鉴赏的面貌为之焕然一新。

谁也不能准确统计，也无法说出苏庚春于二十世纪六十年代初南下广东后，究竟为广东的博物馆、美术馆及其他文物机构征集了多少书画藏品，为国家抢救了多少重要书画文物。但一提起苏先生的名字，广东的文博界几乎无人不知。大凡广东的博物馆、美术馆中有书画收藏者，几乎都有过苏先生参与鉴定或征集书画的记录。据不完全统计，经他手鉴定、征集和抢救的书画文物有数万件，尤其是广东省博物馆——就笔者目力所及，自六十年代初至八十年代中期苏先生退休，他为博物馆所征集的书画就有三千多件。在博物馆的书画账本、卡片、包首、布套甚至木柜上，到处都能见到苏先生的手迹。这些手迹包括一些鉴定意见、征集经过、题签等，字字珠玑，饱含了他对鉴定、征集的书画倾注的感情。特别值得一提的是，他为国家所抢救的两件国宝级书画——明代陈录的《推蓬春意图》和边景昭的《雪梅双鹤图》。

1973 年，中国出口商品交易会在广州举行。苏先生例行对出口的古旧字画进行鉴定。按照当时政策，一些工艺品公司可以将不能进博物馆、美术馆收藏的古旧书画出口，以此为国家换取外汇。这类书画，一般多为伪品，或即使是真品，但大多水平不高，属等外品。但为了慎重起见，作为南大门的广州，每次大多由苏先生主持对这一批书画作最后把关，确信无误后才给予放行。在这一年，苏先生对天津送来的一件署款为"陈录"的《梅花图卷》产生了浓厚的兴趣。凭借他多年的经验，他断定，这件品相完好、画幅巨大（纵29厘米、横902.5厘米）、被当地文物鉴定部门定为仿品的《梅花图卷》极有可能是一条漏网的大鱼。于是，他以三十元的价格为广东省博物馆买下来，带回馆里作进一步深入研究。陈录是明代早期画家，字宪章，号如隐居士，会稽（今浙江绍兴）人，工诗擅画，其中梅、松、竹、兰尤为见长，尤以墨梅的造诣最为精湛，与王谦齐名。他的传世作品不多。苏先生将此画与其他已有定论的陈录作品进一步比较，发现系真迹无疑。该画引首有徐世昌和周右的鉴定名章，时人程南云题写篆书"推蓬春意"，拖尾则有明清两代鉴藏家题跋，分别是明代的刘昌钦、张泰和清代的陈鸿寿、徐楙、卢昌祚、姚元之、杨殿邦、夏塽、林则徐等，这些题跋也是真迹，更加印证了苏先生的判断。后来，中国古代书画鉴定小组的专家们来鉴定后，也都认为是陈录的精品，并被定为一级文物。在二十世纪八十年代，文物出版社还专门为此画出版了单行本册页，流传甚广。

抢救国宝《雪梅双鹤图》之事，颇具传奇色彩。在1982年，广州的文物征集人员从河南购买一批古旧图书和字画，邀请苏先生去鉴定。当苏先生对每件书画和古籍逐一鉴定完后，没有发现多少可圈可点的宝贝。在临走时，突然对挂在墙上的一张颜色黯淡、发黄的旧绢产生了浓厚兴趣，觉得应该是一幅非常古老的绢画。后来他花了四百九十元将此绢购买，带回博物馆。他将绢上尘封的污迹小心翼翼地拭去，发现是一幅画有白鹤与梅花的古画，近而再摩挲，用放大镜审视，发现在画的右上角有一炷香题识："待昭边景昭写雪梅双鹤图"。苏先生一看，异常兴奋，因为画的风格与边景昭完全一致，而且又有边景昭自己的题识，当为边景昭真品无疑。苏先生后来将该画送往北京装裱修复，在题款下又发现了"边氏文进"和"移情动植"两方印，更进一步肯定了他的判断。二十世纪八十年代后期，启功、徐邦达、刘九庵、谢稚柳、杨仁恺等中国古代书画鉴定小组的专家们巡回鉴定到广东省博物馆，看了边景昭的这幅《雪梅双鹤图》后，均允称精品，并将其定为国家一级文物。据鉴定小组编辑的《中国古代书画图目》记载，边景昭传世的画作极为少见，仅有故宫博物院收藏的《双鹤图》和《竹鹤双清图》（合作）两件、上海博物

113

馆收藏的《杏竹春禽图》《花竹聚禽图》和《秋塘鹡鸰图》三件和广东省博物馆收藏的这件作品，共计六件。广东省博物馆所藏的此件作品纵 156 厘米、横 91 厘米，堪称鸿篇巨制，乃其传世画迹中之珍品。此画所幸有赖苏先生慧眼识宝，不然可能将永无见天之日，或早已被人弃之纸篓。

这类例子还有很多，比如在北京琉璃厂的大甩卖中只花了三元钱便为广东省博物馆收购到明末清初广东水墨花鸟画家赵焞夫的《花卉册页》。在广东省博物馆，凡是经他征集的作品大多在背后有着一段动人的故事，记录着独具慧眼的苏先生的传奇经历。记得在二十世纪八十年代，《南方日报》还专门以题为《好犀利的一双眼睛》对苏先生进行了专门报道，使其大名远扬。

对于博物馆征集藏品，苏先生常常告诫我们，一定要有前瞻性。比如一些美术史上的小名家，作品传世不多，但艺术水平精湛，这类作品也要适当征集，也许将来随着研究的深入，他们将成为填补美术史空白的重要佐证。还有就是当代的一些艺术造诣高超的画家作品也要适当征集，这些作品若干年后就是重要的文物。在苏先生所处的"当代"，他便利用其广泛的社会关系，为博物馆收藏了诸如傅抱石（1904—1965）、谢稚柳、李可染、刘海粟、黎雄才、关山月、林墉等人佳作。事实上，当时并不被以收藏古书画为主的文博界所看好的当代名家作品，现在已然成为博物馆、美术馆的新宠，而且价格不菲。目前广东省博物馆收藏此类作品极多，这是和苏先生的远见卓识分不开的。

正是因为苏先生这种独到的鉴定实力与高瞻远瞩的眼界，使得僻居岭海一角的广东省博物馆能成为继故宫博物院、上海博物馆、南京博物院、辽宁省博物馆、天津艺术博物馆之后的中国书画收藏大馆，尤其明清以来的书画作品，无论质量还是数量，均可在省级博物馆中位居前列。

马国权书画篆刻浅议

一

马国权是古文字学者、篆刻家和书法家。笔者最早与其认识并交游，是在 1993 年。当年 6 月，由香港中文大学文物馆与广东省博物馆、广州美术馆联合举办的"黎简、谢兰生书画"在香港举行。为配合展览的推广，当时刚刚入职广东省博物馆书画组不久的我分别写了《二樵黎简的印刻》和《谢兰生的书法艺术》两文。文章随后由时任香港中文大学文物馆馆长的高美庆教授转交给《大公报》艺林版主事关礼光先生。是年 7 月 23 日和 10 月 1 日，两文分别刊登在《大公报》艺林版。该版长期以来由马国权先生主持，马先生退休后则由关礼光先生接替。在文章刊登后不久，即收到马国权先生来信，信中除奖掖后进的一些激

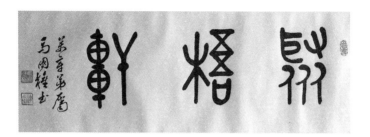

马国权篆书《聚梧轩》 纸本 22.5×75 厘米

励话语外，还特地指出，看了我的文章之后，觉得对研究乡邦文化很有意义，希望我今后以博物馆藏品为基础，继续撰写此类文章。他还说已与关礼光先生打了招呼，叫我有文章可随时寄给关先生。此信对于当时初出茅庐的我，意义极为重大。我在中山大学读书时，便已知道马先生是古文字学家容庚（1894—1983）的高足，是学养高深的学者和艺术家。收到他的来信，惊喜与激动的心情可想而知。从那时起，我便在《大公报》开始断断续续近十年的专栏写作，直到2003年左右艺林版因故停办为止。也正是因为有这类纯专业的专栏写作和马先生的鼓励，使我有动力去深入探研博物馆书画藏品中的闪光点，从而为以后进入美术史研究与书画鉴定打下基础。

到了1996年，由香港中文大学文物馆与广东省博物馆、广州美术馆再度联合举办展览，我以广东省博物馆专业人员身份赴港参加"居巢居廉画艺"开幕活动。在开幕式上，有幸认识了神交已久的马先生。马先生穿着一套深色西装，打着浅灰色条纹领带，略显肥胖，讲话谦和，声音浑厚有力，举止儒雅，一个典型的传统型学者的形象。记得那天从展厅到饭桌，我们一直聊个不停，当时参加了哪些展览活动，现在已经记不清了，唯独对我们的谈话内容还记忆犹新。从广东书画家的传世作品到篆刻书籍、印学发展及《大公报》艺林版的嬗变、中山大学古文字学成就，到与谢稚柳、启功、苏庚春等人交游……几乎无所不谈。我返回广州后，两人的通信更加密切。他的来信，除了一些勉励的话语外，大多是关于书法和篆刻方面的专业探讨。他还时常告诫我，搞书画鉴定和美术史研究，一定要自己从事书画创作。只有自己切身体会到笔墨技巧，才能进入到书画家创作的语境中，才能深入了解其笔墨得失。这一点，对书画鉴定至关重要。也就是从那时开始，我在读书治学之余，时不时拿出笔墨纸砚，依样画葫地弄上几笔。虽然后来因为各种原因时断时续，但一直未尝松懈。如今，我除了学术研究与书画鉴定之外，在绘画创作上也取得一些成绩，并已相继出版了多本画集，这自然是与马先生当初的鼓励分不开的。

到了 2000 年 6 月，我在《大公报》上连载的文章已有数十篇。北京有机构向我约稿，希望能将这批文章中的书法部分结集出版。我将这批文章连同在国内几家刊物所登之文章，经整理后，起名《岭南金石书法论丛》。我将打印稿寄给马先生，一方面请他匡正，一方面则希望他能为此书赐序。书稿寄出后不久，即收到他热情洋溢的回信并写了近千字的序言。他在序言中称，"由于有着相同的爱好，我们虽然港粤两地相隔，但亦时有往还"，而且还特地谈及研究广东乡邦文化的意义："广东文化艺术源远流长，有待继续整理研究的课题尚多，而且有不断深化的必要。近数十年间，著名学者汪兆镛、叶恭绰、简又文、容庚、冼玉清、汪宗衍等诸先生已为我们树立了良好的楷模。朱万章成此新著之后，仍盼再接再厉，将已写的有关广东绘画的文章早日整理面世"。此书于 2001 年出版后不到一年，便从香港传来先生驾鹤西去的噩耗。

二

在我看来，马国权先生首先是一个成果丰硕的学者。

他在古文字学、书法史、篆刻学、印学史等方面均建树颇丰。所著《广东印人传》和《近代印人传》是区域印学史和中国近代印学史的开山之作，直至今日，学术界尚无出其右者。《近代印人传》更与清初周亮工（1612—1672）的《印人传》（原名《赖古堂印人传》）、清中期汪启淑（1728—1780）的《续印人传》（原名《飞鸿堂印人传》）和清末民初叶铭（1867—1948）的《广印人传》并称为四大印人传，"为二十世纪印学史——中国文化史之一部分——之研究与写作，提供了颇具价值之资料"（茅子良语）。

其次，马先生是一位造诣深邃的书法家和篆刻家。他早年师承广东书法篆刻家冯康侯、秦咢生（1900—1990），得其教授。五十年代末，考入中山大学古文字学专业副博士研究生，师事容庚教授。在名师指点下，浸淫于古文字学和历代法书名帖中。对马先生来说，他有得天独厚的优势，那就是通过对古文字的研究揣摩书法之精髓，从而烂熟于心，并运之于笔。因而无论是浑厚庄重的篆书、隶书，还是挥洒飘逸的行草书，都能令人感受到一种厚重感，这显然不是从临池中可以轻易得到的，而是长期研习各种书体、印学和古文字学的结果。正如他自己所说，其书"以古代某一种书体为师法对象，抒发个人的理解"，并辅之以自己的创作心得、诗词或其他艺语，使书写与内容相得益彰，在悦人眼球的同时，也能深感其中蕴含的文化基因。马先生曾为我书写"聚梧轩"匾额，篆体雍容朴茂，结体谨严，一眼望去，一种学问文章之气，跃然其上。他所书写之钢笔或毛笔信札，以小行书为主，淡雅从容，不拘一格。所写隶书，灵动典雅，既有飞舞之姿，也不乏静穆之形，是典型的学者书法。其篆刻作品，则得汉印法乳，并融合诸家，形成自己鲜明的特色。所以，启功评其篆刻"刀有风采，字有根据"，是很有道理的。

最后，必须要谈谈马国权先生的绘画。长期以来，马先生是以学问与书法篆刻名于世，其绘画则鲜为人知。其实，他在很早时期，便已雅擅丹青，只是书法篆刻名气太甚，因而，绘画便被湮没无闻。自晚清以来，以金石书法著称的名家如赵之谦（1829—1884）、吴昌硕、黄士陵（1849—1908）等无不兼擅绘事，马先生也不例外。他的绘画，以花卉为主，兼及人物画和博古图。其画为典型的文人画，不特别侧重技法，以小写意为主，其画外之意远远超越画里之境。同时，马先生自幼临池，书法功底深厚，因而在其绘画中，以书入画，书画同源，正如他自己所言："每每以作书之法任情涂抹，漫将八法弄丹青"。此外，在其画中，还有一种金石味，尤其是所写之寿石、花卉之树干，均老辣纵横，收放有度，颇有篆隶及篆刻刀法之遒劲。有趣的是，他也偶画人物，1992 年为儿子马达为所写之《读书图》，从白石老人画中受到启发，妙趣横生，浑然天成，反映其豁达、平淡之心境与挥洒自如的人物造型能力。

明·张翀《散仙图》
纸本设色
129.5×55.5厘米
广东省博物馆藏

清·郑绩《拜月图》
纸本设色
148×85.5厘米
广东省博物馆藏

清·居巢《仿元人花果小品》
纸本设色
91.7×31.4厘米
广东省博物馆藏

清·居廉《富贵白头图》
绢本设色
132.5×75厘米
北京故宫博物院藏

高剑父《罗浮香梦美人》
纸本设色
114×44厘米
香港中文大学文物馆藏

高奇峰《白马图》
纸本设色
香港艺术馆藏

陈树人《岭南春色》
纸本设色
广州艺术博物院藏

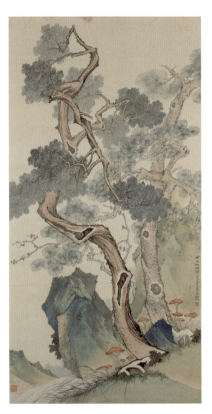

赵浩公《南山松柏图》 1935年
纸本设色
120.5×61.6厘米
香港中文大学文物馆藏

张大千《摹敦煌仕女图》
纸本设色
102.4×35厘米
广东省博物馆藏

溥儒《春山楼阁图》
纸本设色
吉林省博物院藏

方人定《画家与模特》 1931年
纸本设色
183×120厘米
私人藏

方人定《荔枝熟了》
纸本设色
170×95厘米
私人藏

苏卧农《摘果》 1928年
纸本设色
218×93厘米
私人藏

吴冠中《高桥》 2007年
纸本设色
45×48厘米
中国美术馆藏

关山月《雪里见精神》
纸本设色
石景宜艺术馆藏

杨之光《朝鲜族独舞》
纸本设色
石景宜艺术馆藏

学者之书与文人之画

2007年5月，我在香港中文大学做访问学者期间，适逢有社会热心人士捐赠一枚写有文字之菩提叶给广东的博物馆。因受当事人委托，经与香港大学饶宗颐学术馆联系，得以随同当事人携带菩提叶敦请饶宗颐教授鉴定。在绿树成荫、曲径通幽的饶宗颐学术馆，我们见到了时已九十高龄的饶宗颐教授。饶教授的精神状态显然与耄耋之年极不相称，他不仅健谈，而且记忆力超群。他能娓娓细数几十年来所经历的人和事，并且对菩提叶的时代、文字和历史因缘如数家珍，让我们享受到一顿丰盛的精神大餐。在鉴定结束后，他还谦虚地说，"我的意见仅供参考，如果需要更准确的意见，最好再请北京的季羡林看看"。这是第一次

饶宗颐《荷花》 中国国家博物馆藏

和大学者饶宗颐打交道，留下了深刻的印象。这次接触，除聆听饶教授的教诲外，同时还欣赏到饶宗颐学术馆正在展出的饶宗颐书画，同样留下了深刻的印象。在此之前，饶宗颐的书画在广州展出也不止一次了，我每次都会去观摩，并且每次都会有不同的感受。这次在新的语境中欣赏其书画，一种崇敬之情油然而生。

中国书法，向来是书以人贵，书以人传。古往今来，纯以书法著称于世者，实属罕有。纵观一部书法史，不难看出，能流芳百世者，除写得一手好字外，大多非达官贵人，便是文人学士。尤其是学者文人，因学名、文名鼎盛，又能写出一手有特色的字，在书坛上占有一席之地，便是顺理成章的事了。饶宗颐教授正是这样一个学者型书法家。

饶宗颐自幼便临习各体书，不仅对许多碑帖下过功夫，对文物、器具，尤其是出土文物上的字体也十分留意，"转益多师，自成一家"。和很多卓有所成的书法家不同，饶宗颐在娴习诸帖之后，并未为前人所囿，在其书作中找不到任何一家的影子，但却不失深厚底蕴。这便是作为学人的饶宗颐之书法的特出之处。饶宗颐学贯中西，于史志、词曲、音乐、甲骨文、简帛、梵学、敦煌学、宗教、诗词等方面无不贯通其原委，因而在潜移默化中，其学者之文思便融汇于笔下，形成了一种挥洒自如而不失旷达恬静的学者书风。近代以来，此类学者书家代有才人，远至章炳麟、陈垣，近至启功、于省吾，无不自出机杼，丰神独具，饶宗颐与诸家相比较，则未遑多让。饶宗颐教授内心的宁静与学识的滋养，在其书法中不自觉地流露出一种冲和平静的书卷之气。正如他抄录的康有为一副对联所示："但见花开落，不问人是非。"在这样的心境下，乃能心无旁骛地潜心搦管，人书俱老，形成特有的书风。

再来看饶宗颐的绘画。和很多书画大家一样，饶宗颐于山水、人物、花鸟无不精湛。他的画，既不同于传统的学"四王"（王时敏、王鉴、王翚、王原祁）繁密厚重或学石涛、八大清逸脱俗的一路，也不同于那些致力于改革创新的新文人画，而是在纵览历代名家翰墨基础上，独抒胸臆，形成自己的风格。饶宗颐教授曾在《选堂八十回顾展小引》中说："陈寅恪自言平生为不古不今之学，余则喜为不古不今之画。"所谓"不古不今"，实典出苏轼评论宋子房之山水，谓其能"稍出新意"，"真士人画也"。饶宗颐以此自许，说明对其画的自得之意。事实上，究其画的本质，除"不古不今"外，其实也可以说是"既古既今"：既不乏传统文人画的古韵，也不乏现代学人之新意。清初正统派画家王原祁一直以来的"不似古人则无古，太似古人则无我"*的困惑，似乎在饶宗颐的画中得到了圆满解决。在其充满着浓郁文人气息的山水和花鸟画中，意笔草草，不经意中流露出的对于灵秀山川、花草虫鱼的全新解读，展现了一个具有传统艺术涵养的文人具有的古典情怀。饶宗颐在其画中崭露的笔情墨趣，正是传统士人画的典型特征。有论者认为饶宗颐"所标举的'士气'，就不仅仅是一般所说的书卷气，而是独立不羁的生涩之气"，这是很有

---

* 王原祁自题《山水画》。

126

道理的。正是这种在似与不似之间所凸显出的土夫气、生涩气，成为饶宗颐绘画给予观者的最为直接的审美体验，同时也是饶宗颐立足于当代画坛的根本所在。如陈师曾在定义文人画时所说："文人画之要素，第一人品，第二学问，第三才情，第四思想。此四者乃能完善，盖艺术之为物，以人感人，以精神相应者也。"无论是意境深远的山水画，还是清新淡雅的花鸟画，或者是笔简意赅的人物画，饶宗颐的绘画无不带着一种浓厚的文人气象。这是饶宗颐绘画的典型特征。

说不尽的吴冠中

　　一代大师吴冠中抛下他挚爱的艺术，远离我们而去。从此，在当代中国画坛，又缺少了一位真正大师级人物。

　　吴冠中是被公认为中国画坛油画民族化的成功例证。他能将西方油画有机地与中国符号相结合，创造了具有中国特色的油画典范。无论是其所画的西北高原、江南小镇，还是北国山野、西南乡村，或者巴黎街道、南洋风光、美洲人物、英国郊野、再或者所画的仕女、荷花、高粱、棉花、木槿、菊花、桑园、牛马、松石、高楼、茅舍、船坞、红灯笼、长江、长城等，都打上了耀眼的中国结。这是他立足于油画界的根基。

　　他与其师林风眠一样，在改造中国画方面作出了卓越

吴冠中《残荷》 62×82 厘米

中国美术馆藏

的贡献，是融会中西的杰出代表。无论是其视觉冲击力极强的油画，还是经其改良后的中国画，都具有鲜明的个性，并在中国画坛享有无可置疑的霸主地位。以其《江南风景》为例，便可看出其艺术特色。该图巧妙地将红与蓝跳跃性地点缀于浓墨与淡墨交织的艺术氛围中，制造出江南水乡朦胧、潋滟与秀美的迷人景致，代表其水墨画的基本风格。吴冠中自己说，"我的油画渐趋向强调黑白，追求单纯和韵味，这就更接近水墨画的门庭了，因此索性就运用水墨工具挥写胸中块垒"。在该画中，可以看到他在墨彩的运用方面展示出的杰出技巧，以水墨挥洒胸中意蕴，以西洋画法融合中国文人的情思，表现出意味深长的意境。正如英国美术史论家苏立文先生所说，"他（吴冠中）的训练与历练已经高度内在化，以至变成他意识的一部分。他的作品与个性乃是不可分割的整体"。正是这种鲜明的个性，使他能立足于二十世纪中国美术界，成为一代大家。

吴冠中同时也是一个敢于思考并不断发表灼见的明星学者。他提出的"笔墨等于零"，取消画院、美协等振聋发聩的言论在美术圈内外激起轩然大波，发人之所未发、发人所不敢发，被公认为当代美术界最敢讲真话的人。他的这些言辞激烈的观点可谓一石激起千层浪，令不少人至今仍然耿耿于怀，有人撰文批驳，甚至谩骂者也有之，但无论如何却无损于他的崇高形象，更无损于他在中国画坛的地位。在当今美术界，在众人大多追逐物欲、无暇顾及思想建树的"世风"下，吴冠中倡导的这种艺术精神就显得尤为珍贵。因而，研读他的作品，除了被其营造出的色彩感极强的艺术佳作所熏染、折服外，更为其对艺术的执着、真诚而感动，并油然而生敬意。

高居翰画史印记

　　传统的中国绘画史学，往往离不开画家生平的考证、画作题材与个性风格及流派的分析，或者通识性史实叙述与资料的累积。在很长一段时间，资料的挖掘与占有似乎已成为绘画史学取得突破性成果的重要途径。高居翰的多本绘画史论著，则几乎完全颠覆了这种治学模式。

　　从最初读其早年的通史著作《中国绘画史》，到后来陆续搜罗到的《山外山》《气势撼人》《江岸送别》《诗之旅》《不朽的林泉》《画家生涯》等，在娓娓道来的叙述中，一反美术史论著枯燥乏味的常态，充分展示其知识与智慧的光芒。在我阅读美术史的体验中，可以说，高居翰的著作是唯一能集史实、观点与文字魅力于一体的学术论著。第一次读高居翰时，便有一种山阴道上应接不暇的感觉。在条分缕析的论证中，在行云流水的畅叙中，在饱含激情的

132

叙事中，一向板着面孔考证与论述的绘画史变得分外亲近与亲切。近十数年来，很多纯学术性、受众面较窄的论著连续登上畅销书榜，高居翰的著作便是一例。

毫无疑问，绘画史的研究离不开编年、地域、画家生平、绘画风格、传承、影响等因素的考察。基于种种因素，绘画史学的传统中已经形成了很多程式化的叙述方式。这种方式在很大程度上正在逐步消减人们对美术史的兴致，尤其是对初入此门的青年后学，高居翰的论著，却正好在此消减过程中，给予一个反作用力，将众多美术史爱好者和专业人士引入桃花源中，尽享思想的盛宴。

正如高居翰自己所说："我有意将各种多元的因素交织起来，以便针对艺术家及其画作，进行更为丰富且复杂的论述：地域、社会和经济地位、理论立场、对传统所持的态度等因素，都在讨论之列。"这种反传统的史学方式，正好为学者和爱好者提供了一个不同的参照体系。

作为一个不在中国传统文化语境中成长起来的中国绘画史学者，高居翰被很多人诟病的是他并不熟悉中国画的笔墨。或许，从某种角度讲，这也正是他的优势。他以一个域外人特有的视觉，完全在一个新的西方语境中审视中国绘画演变的历程，因而给人以全新的美术史体验。正因如此，在传统画史上并不受到重视或重视不够的画家，因其作品的独特而受到他的垂注。典型的例子便是晚明时代的张宏。通过对张宏为数众多的实景画的解读，不仅看出其来自欧洲影响的可能性，更"将他从原来不受中国画史垂青的处境，提升并尊奉为卓越、具有原创性且极为引人入胜的画家"。这样的例证在对恽向、邹之麟、吴彬等人的研究中，均可见到。

一直以来，对于绘画史的研究，是画家的历史还是作品的历史这一问题，中外学者有着迥然不同的论点。在高居翰的笔下，看到的不仅是作品的历史，更看到文化背景、画家才华与不同历史情境中的绘画演进史。在其学术生涯中，他系统地观摩了包括台北故宫博物院在内的主要艺术机构收藏的名家翰墨。他还和很多书画鉴藏家一样，不仅和藏家如王季迁等人保持密切的交往，有机会饱览其私家珍藏及相互切磋，自己更身体力行，收藏书画。在景元斋藏画中，可以看出其不逊于中国收藏家的眼光。这些不同于一般汉学家的书画鉴藏活动，无疑提升了他对中国绘画史研究的深度与广度。这也是其画史研究具有超强说服力和感染力的原因之一。

阅读傅抱石

　　傅抱石无疑是二十世纪中国画坛最有成就的美术家之一。无论在绘画创作，还是在现代美术史学的建构方面，都为二十世纪美术界留下了浓墨重彩的一笔。

　　这样一位在二十世纪占有举足轻重地位的画家，不论是对于美术界，还是书画鉴藏界，或者学术界，长期以来，都是广受关注的典型个案之一。关于他的生平事迹、艺术成就、绘画题材、绘画史学等方面的研究成果，自上个世纪八十年代以来，已经陆续见诸各类报刊与论著。与同时期的其他美术家相比，傅抱石研究可谓方兴未艾，呈现出欣欣向荣之势。近日，读到南京博物院万新华兄惠赠的《傅抱石艺术研究》，更加深了对傅抱石研究现状的认识。

1959 年 9 月，傅抱石为人民大会堂创作《江山如此多娇》

此书的问世，不啻为日渐升温的傅抱石研究锦上添花，更为学界打开了画家个案研究的新视野。

《傅抱石艺术研究》虽然只是一本论文结集，但其囊括的范畴并不亚于一本专著。傅抱石在美术界的身份不外乎两种：一为画家，一为学者。所以，作者便紧紧抓住这两点，为我们解析了双重身份的傅抱石。

作为一个画家，傅抱石的艺术一直受人青睐。特别是近二十年来，随着艺术市场的持续高涨和艺术资本的大量投入，傅抱石受到鉴藏界的广泛追捧，其画艺拥有极大的受众群。各类专题研究文章或论著层出不穷。在此情况下，怎样在傅抱石绘画研究中突出新意，便成了一个问题。作者避开了以往对画家个案研究侧重于画风及艺术品格等方面的惯例，从绘画题材及主题入手展开探讨，显然已经脱离了流于介绍性层面和浅层次研究的窠臼。对傅抱石绘画的研究，包括抗战时期历史人物画、"韶山组画"、"毛泽东诗意画"、新中国建设主题作品和时事宣传画等，从傅氏不同历史时期的绘画演进中勾勒出了一个画家的立体形象。这种纵向研究为了解风格变化多样的傅抱石绘画提供了参考体系。值得一提的是，对于傅抱石抗战时期的历史人物画，作者在探讨了"民族的诠释""图像的意义"以及

"线条的背后"等三个方面后指出，傅抱石利用一套自我的文化民族主义的论述策略，通过学术、图像、风格等系统化的历史叙述，努力塑造了中国传统绘画精神，付诸笔墨再现为形象的民族记忆，达到文化的国家认同和民族情感的释发层面。这种对特定历史时期绘画语言的解读，显然已经超越了图像本身。这是他有别于他人之处。其研究的视觉与阐释的涵义是值得重视的。

活跃于二十世纪上半叶的美术史学家，大多同时也是画家。或者也可以这么说，这一时期的画家，大多同时也是美术史学家，如陈师曾、俞剑华、黄宾虹、郑昶、潘天寿、滕固等，傅抱石自然也不例外。

作为一个美术史学家，傅抱石所编《中国绘画变迁史纲》《明末民族艺人传》《中国美术年表》等在二十世纪美术史学界中享有较高声誉，凡是研究傅抱石者，都无法绕开他在学术上的建树。基于此，作者将傅抱石置于近代中国美术史学兴起的大背景下，解析其在绘画史学、美术史基础性研究、美术观念的演变、风格学的运用、早期山水画史研究、石涛研究、中国美术思想史的考察等方面所作出的贡献。在作者看来，傅抱石是在比较董其昌、沈宗骞、陈师曾三人有关中国绘画基本思想构成的要素后，赞同陈师曾的观点，提出了"研究中国绘画的三大要素"：人品、学问和天才。正是此三要素观点，成为傅抱石研究中国绘画史的指导思想，并由此构成了中国绘画体系。这显然是对傅抱石绘画史观的概括与总结，是以往傅抱石研究中容易被人忽略之处。

作为一个多才多艺的学者，傅抱石对篆刻学也有所涉猎。他撰述的《摹印学》《刻印概论》《中国篆刻史略》等一直不被学界所熟知。作者发挥馆藏优势，充分利用傅抱石家属捐赠给南京博物院的大量手稿、书画、印刻，展现了傅抱石在印学鲜为人知的一面。作者通过史料及图像，认为傅抱石是近代中国对篆刻理论、篆刻史倾力最多的学者。鉴于傅抱石在篆刻研究方面的局限性，作者同时又指出，这充分体现出二十世纪上半叶篆刻学研究的过渡性特征。这是比较客观公允的说法。

作者以供职南京博物院的便利条件，掌握了丰富的第一手资料，为学术界再现了一个多面的傅抱石艺术形象。无论是对傅抱石大量作品的排比研究，还是对其绘画史学、美术思想、印学成就的考察，或者对傅抱石著述手稿的梳理、对近年来傅抱石研究误区的纠正，都体现出这一特色。当然，因作者曾就读于南京艺术学院的学术背景和敏锐的学术嗅觉，对大量的原始材料科学甄别的学术自觉，也在书中随处可见。这是笔者在阅读此书时留意到的、一直贯穿全书的主线，也是此书区别于其他傅抱石研究论著的突出之处。

文人画新解与现状

何谓"文人画"？近人陈师曾如是说："就是画里面带有文人的性质，含有文人的趣味，不专在画里面考究艺术上的工夫，必定是画之外有许多的文人的思想，看了一幅画，必定使人有无穷的感想，这作画的人必定是文人无疑了。"以这样的标准来考察当今文人画，似乎并非不二法门。

这就很自然涉及一个问题：如果创作这幅画的人不是一个文人，而是一介武大或别的什么人，那这幅画到底还算不算文人画？或一个文人，创作了一幅不具有文人趣味，而是具有工匠性质甚至更差的一幅画，那这幅画还算不算文人画？

朱耷《八哥图轴》

广东省博物馆藏

围绕着这个问题，一个多世纪以来，学术界一直争论不休。所以在讨论文人画的时候，首先就关涉作者的身份问题。

　　一般说来，一个具有文人身份的人，大多数时候会在笔墨中自然而然流露出文人意趣。在其画中，会出现很多专业画家所罕有的笔情墨趣，这种意趣就是苏轼评论王维画时所说的"画中有诗"。正是这种画中境界，成为历代文人画家们心向往之的精神圣地。毫无疑问，这类文人画作，属于典型的文人画，如苏轼、黄公望、文徵明、陈道复、郑板桥、张大千等人即是。

　　另一方面，某些具有文人身份的人，但其一出笔便无文人趣味，而是画工死板，意境低俗，最多只能归属到工匠画一类。这种情况，古往今来，并不鲜见。这类画，自然算不上文人画。所以有人便说，这类具有文人身份而画笔粗俗的人，终究不是真正的文人。真正的文人是在不加任何修饰的状态下表现出内在气质，所谓"腹有诗书气自华"是也，这是很有道理的。因而归根结底，不在于作者是不是具有文人身份，而是本人是否具有文人的气质，是否有这种气质跃然纸上。从这个意义上讲，作者的身份并不重要，重要的是绘画本身。古代的不少画家，终身布衣，以卖画为生，但他们画中不乏内心的自省，笔下文人气十足，因而属标准的文人画，如元代的王冕、明末清初广东的彭睿壦、乾隆时期广东的黎简等，都是如此；而当下的不少专业画家，也有不少是有文人身份的，有的是美协要员，有的是大学教授，但其绘画去古意甚远，更谈不上文人气息，因而即便功夫如何精湛，与文人画的宗旨是有天壤之别的。

接下来的问题是，画中有了文人的趣味，但笔墨技巧是不是就不讲究了呢？是不是就可以以"意笔草草""笔简意绕"这样的提法来掩饰笨拙的基本功呢？答案当然是否定的。真正的文人画，首先必须是"画"——必定是在笔墨技巧方面达到相应水准，有的甚至并不输于专业画家的艺术造诣，只有在此基础上的艺术作品，才有可能称得上是"文人画"。经常见到有人随意挥洒几笔，有人问之，则曰：此乃文人画。这实际上是对文人画的误读，完全背离了文人画宗旨。古往今来，大凡真正的文人画，除了画中表现出典型的文人意趣外，无不笔墨精到，游刃有余的。如徐渭、石涛、八大山人，虽然只是简短的几笔，但笔中有功夫，即使一根线条、一滴水墨，都能见其功底，非一朝一夕可以做到的。齐白石所画的一根芦苇或竹笋，仅仅简短的一笔，便可表现出不俗的气质，其功夫也不是普通画家所可模拟的。那种一味强调文人趣味而无笔墨功夫的绘画，终究还谈不上真正的文人画，最多只能算是文人笔戏而已。

因而我们在讨论文人画的时候，既不必拘泥于画者的身份，也不能因强调文人趣味而忽视笔墨技巧。二者相互依存，互为补充，才可谈得上真正的文人画。

当下画坛，多元并行。各种画风、画派、观点，可谓甚嚣尘上。而关于文人画的论争，经过近一个世纪的演进，在消停一段时间后，最近在南北画坛，似乎有重新"复兴"之势。有自我标榜者，也有群起针砭者。纵观群龙并起的各地画坛，的确有真文人画在，但也不乏伪文人画，这是目前画坛的现状，并不奇怪。关键是怎样来界定真伪的问题，谁来定义什么是真正文人画的问题，以及文人画在现代文化语境中的生存状态等问题。

真正的文人画，不需要贴标签，也无须标榜，更不必刻意追求，一切顺其自然。苏东坡、倪云林、徐渭、八大山人、石涛、郑板桥从来没有标榜自己的画是文人画，他们也不需要形成一个团体。但毋庸置疑，他们的画是真正的文人画，他们是承前启后的一代大家。现在一些人自我标榜，动辄以文人画自居，自贴标签，王婆卖瓜，不仅难称真正传统意义上的文人画，反而有悖于文人画精神。

在当下，那些画里画外具有文人内涵，给人以无穷的遐思，体现出作者的所思所想，不以笔墨取胜、不以形式悦人的画都可称为文人画。历史上，文人画的高峰在唐宋和明清时期多次出现。而在二十世纪后期以来的中国画坛，随着传统文人及其文人情调离我们渐行渐远，文人画的高峰，非但没有出现，反而有衰微之势。无论承认与否，这是不争的事实。

在很多地方，有不少人自称新文人画，严格讲来是和传统文人画没有关系的。实际上，他们是在倡导一种概念，或者说是在宣示一种艺术主张，这是无可厚非的，他们是为了恣肆地表现自己的笔墨个性，应该说是当代艺术的一个分支，但与苏轼以来提倡的文人画理念并无承传基因。

事实上，文人画是文人内心自省的外在流露，是荒江野老屋中向心培善的个人行为，是长期文化积淀的结果。它是自然而然形成的，不需要花架子，更不需要建立阵营、派别，涂脂抹粉，哗众取宠。有人甚至还说现在文人画的阵营解体了，古风不存，问我有什么看法。我说，这本身就是一个伪命题。因为无论是古代还是现在，根本就没有存在过所谓的文人画阵营。文人画的作者都是独来独往，自出机杼，何来解体之说？

不可否认，当下所谓的"新文人画"，具备部分传统文人画的表征。比如他们构图大胆，无拘无束，有一种解衣盘礴之慨，这是很难得的。他们追求新奇怪诞，不求形似，也不求笔墨，大胆创新，无拘无束，具有反主流文化的前卫精神，与时下画坛一味追求装饰性与制作性的时风流韵大异其趣，但这些局部的相似点并不能使之与文人画相提并论。反而，值得警醒的是，他们混淆了传统文人画的概念，或者说片面理解文人画中"超逸"、不流于时俗的特点，容易让圈外人不明就里。其实，真正的文人画，强调的是作画者个人的内在修为，是内外兼修的结果，是苏轼所谓的"观士人画，如阅天下马，取其意气所到。乃若画工，往往只取鞭策皮毛，槽枥刍秣，无一点俊发，看数尺便倦"。他们中很多人，实质上不是真正的职业画家。从宋朝的苏东坡到元代王冕、倪云林、吴镇，明清时代的沈周、文徵明、"青藤白阳"（徐渭、陈道复）、"四僧"（石涛、朱耷、渐江、髡残）、担当、郑板桥及至二十世纪以来的苏曼殊、启功、徐邦达、苏庚春、饶宗颐等等，他们只是以笔墨为余兴，借书画以娱情，修身养性，不求形似而神韵自足。正如"元四家"之一的吴镇所言："墨戏之作，盖士大夫词翰之余，适一时之兴趣，与夫评画者流，大有寥廓。"观今日文人之画与职业画家之作，同样也是如此。只是今日文人画，已退居末流；而职业画家之画，则大行其道。这是世道使然。

但问题又来了：近百年来，很多学者也画画；有人便问：是不是他们的画，都可统称为"文人画"？这是一个很容易混淆的话题。"文人画"和"学者画"究竟是两个互为交叉的门类，不可一概而论。"学者画"中有一部分可称得上"文人画"，但并非都可归结于"文人画"。我就曾经看过一个有名的学者所画的山水，完全是典型的行家画，很难与文人画同日而语。同时，文人画家群体中又有一部分本身是学者，一出笔便具文人之笔情墨趣。所以，这就需要从绘画本体去解读，而非仅关注于创作者本身。清代书画鉴藏家查礼就在其《画梅题记》中说过："文人作画，虽非专家，而一种高雅超逸之韵露于纸上者，书之气味也。"以此来检测"文人画"和"学者画"，应该是比较确切的。

于是便有很多画家问我：怎样才能创作出文人画？如何在文人画的创作中升堂入室？我只能无奈地付之一笑：

好好埋头画画，读万卷书，行万里路，力争创作出无愧于我们这个时代的精品佳构。至于是不是文人画，只能留待后人去评说了。这应该是对当下画坛的最好期许。

区域与主流之间

　　我从 1992 年起进入博物馆系统工作，开始从事书画鉴定与收藏、美术史研究至今，也有二十多个年头。在 2013 年 7 月以前，供职于广东省博物馆。先是在该馆的保管部书画组，从事书画保管、征集、展览、出版、鉴定与研究工作；2010 年，我调到新成立的艺术部，专职从事书画鉴定、美术史研究和书画展览策划，美术图书编撰工作。从此便从繁重的书画保管工作中解放出来，专心做一些研究。2013 年 7 月，我离开生活了二十五年的广东，调入中国国家博物馆学术研究中心，除继续从事书画鉴定与美术史研究外，还承担有关艺术类图书与刊物的编辑审稿等工作。在断断续续的学术生涯中，我走的是一条由区域过渡到主流书画鉴藏、美术史研究、书画创作的学术之路。从书画鉴藏到美术史研究，从省级博物馆到国家博物馆，从纯学术研究到兼擅书画创作，从区域到主流，从南国边陲到首善之区，在自觉与不自觉中逐渐进入学术之门。

一

1988 年，我进入中山大学开始本科四年的学习。我读的是历史学专业，本来和美术研究并没有直接关系，但在三四年级的学习中，对中国书画产生了浓厚兴趣。那时候，除专业书而外，案头必备的两本书是杨仁恺主编的《中国书画》和邓散木编撰的《篆刻入门》。前者是国家文物局策划的全国文博系统教材，后者是一本印章的入门书。通过第一本书，我对历代书画家和他们的作品有了初步了解。第二本书让我对篆刻跃跃欲试，并买来刻刀石头，在课后练习把玩，并刻出了平生第一枚书画自用印。虽然有些不合章法，甚至可以说还很稚嫩，但却激发了我对书画的浓厚兴趣。

1992 年 7 月大学毕业后，恰好广东省博物馆急需书画保管方面的职员，在当时国家还统包分配，我尚有很多岗

151

位可供选择的情况下，因为偶然的机缘，我选择了这个看似和自己专业并不匹配的工作。事实证明，我到了博物馆之后，比之前预想的还令人激动与兴奋。广东省博物馆是1959年建立的地志性综合博物馆，收藏了大量的书画，其中尤以明清以来书画为多且佳。我当时负责的工作是馆藏书画的保管、征集、展览及其他相关工作。记得最初进入书画库房的一段时间，几乎每次都处于极度兴奋的状态中：一个只在书本上熟悉过沈周、文徵明、唐寅、徐渭、董其昌、恽寿平、石涛、朱耷、郑燮、吴昌硕、齐白石、张大千、傅抱石、李可染等名家的年轻人，突然能面对面、亲眼看见这些名家的真迹。这种"看见"不是在画册上，也不是在展厅中，而是可以亲自上手、近距离地把玩欣赏，这种感觉非常奇妙。在很长时间，我都沉浸在这种莫名的欣喜中，并且如饥似渴地观摩各类书画。先是，我打算一有时间，就按照书画柜的位置一个一个地看。打开一件唐寅的山水画，先整体看其风格，对照原来书本上所描绘的，看是否能理解，再仔细观看其款识、印章、质地甚至裱工。每看一件作品，除记录其基本情况如文物编号、尺寸、质地、颜色、款式、题跋、印章、签题、完残情况、来源、曾经何许人鉴藏或观摩之外，还了解其创作年代、时代背

152

景与艺术风格等。这样一来，一天就只能看几件作品。如果遇到文字比较多的作品（如书法手卷）或题跋较多的册页，几天也未必能完整地看一件。如此一来，即便到退休之时，也不一定能全部看完。很显然，这样没有主题、囫囵吞枣似的观摩书画，并不利于工作的开展和学术研究。

于是，我便从兴趣入手有选择性地找一些目标书画。在大学期间，我特别喜欢徐渭的诗歌与戏曲，到了博物馆后，就很想知道他的书画是什么样的。因此，在大量浏览不少馆藏书画后，我选择了徐渭作为重点观摩与研究的对象。一查文物卡片，徐渭的作品居然还不少，其中草书《淮阴侯词卷》和《梅竹石图》还被定为一级文物。我先是把徐渭的作品全部找出来，白天在库房仔细观摩，每一个细节都不放过，包括其用笔、墨色与款识等，晚上回到家后则找出他的相关资料，看看他的艺术历程是怎样的，当时的人是怎么评价他的，后来有什么影响，当代的几个鉴定家如启功、徐邦达、谢稚柳等人对他的作品有什么心得体会。这样一来，就会顺藤摸瓜，找出很多和他相关的书画来，比如说与他并称"青藤白阳"的陈道复，受他影响最深的石涛、八大、郑板桥，直到晚清民国时期的吴昌硕、齐白石等。很难得的是，这些人的作品在库房里居然都有。我便把它们都一一找出来，以时间为序，依次观摩欣赏，并找出其共同点、不同点。如果遇到有什么疑虑，就去查资料，看看能否解决，如果还不能解决，就记在一个小本子上，等将来有机会再请教高人。由于当时对徐渭的痴迷，一直有一种想把自己所思所感写下来的冲动。恰好当时文物出版社的《书法丛刊》到广东组稿，准备出一期广东省博物馆藏品专辑。专辑除刊登图版外，还需要配一些对具体作品的研究或鉴赏性文章。在这期专辑中，刚好有这件徐渭的《淮阴侯词卷》，我便自告奋勇，将阅读此书的心得体会连同多年来翻阅《徐渭全集》所做的关于书法方面的眉批，写成了平生第一篇专业文章《徐渭书论及其书法艺术》，刊登在 1993 年的《书法丛刊》上。现在看来，这篇文章还很不成熟，某些观点也有些偏颇，行文也不乏幼稚，但却是我进入美术史研究的开篇之作，激发了我撰写书画史研究文章的激情。从此便一发不可收，开始就自己观摩的书画写一些鉴赏与研究相结合的文章。正好当时有机会认识已经定居香港的古文字学家马国权先生，他就把我介绍给关先生，鼓励我经常写文章，最好能每周或每月写一篇文章，发表在《大公报》的艺林版。艺林版是《大公报》的金牌副刊栏目，从五六十年代起就陆续刊登过诸如启功、谢稚柳、商承祚、容庚等名流的文章，后来在七十年代结集出版为《艺林丛录》十册，在学术界影响很大。经他这一举荐，我便开始在《大公报》上发表书画鉴藏与研究文章。有时候一个月一篇，有时候半个月一篇，遇到文章较长的时候，还经常分为上中下三篇连载。大约自1993年起，我不定期地在《大公报》发表文章近百篇。

由于广东独特的地缘优势，除美术史上有名的书画作品外，还收藏了不少在美术史上鲜为人知的地方性名家作品。这些广东书画家，从明代的颜宗、钟学、陈献章、张誉到清代的张穆、王应华、黎简、谢兰生、苏仁山、苏六朋、居巢、居廉，一直到近现代的康有为、梁启超、岭南画派成员、广东国画研究会成员等，无论从数量还是质量方面，在国内博物馆中均无出其右。鉴于此，在很长一段时间，我便以这些藏品为依托，先后编著或撰写了《广东传世书迹知见录》《六朋画事》《岭南书法》《天然禅墨》《粤画访古》《顺德书画艺术》《广东绘画》《居巢居廉研究》《岭南近代画史丛稿》《明清广东画史研究》《居巢居廉》《苏六朋》《颜宗》等明显具有区域特色的论著。这些论著或许在主流美术史中并不为人所知，在推动主流美术史研究中也未必能起到多大的作用，但对于深入了解岭南美术，无疑具有重要的意义。

二

我在博物馆的本职工作是美术史研究与书画鉴定，鉴定的主要对象是拟征集的书画和一些公益性社会鉴定中的流散书画。在我的鉴定生涯中，必须要提一笔的是书画鉴定家苏庚春先生。

1992 年底，因工作关系认识了国家文物鉴定委员会委员、书画鉴定家苏庚春。苏先生出生于北京琉璃厂的古玩世家，从小练就了鉴定书画的火眼金睛。在琉璃厂，他与刘九庵、王大山、李孟东并称四大家，1949 年后供职于琉璃厂的宝古斋。后来因广东缺少书画鉴定方面的人才，他应时任广东省副省长魏今非的邀请，南下广东，从此在广东扎根。苏先生曾先后供职于广东省博物馆和广东省文物鉴定站，为广东尤其是广东省博物馆征集鉴定了数以万计的书画。广东省博物馆之所以在明清书画收藏方面可圈可点，是与他的功劳密不可分的。我到博物馆时，他已退休多年，被返聘，虽然不用回来上班，但遇到博物馆关于书画鉴定方面的事，或与书画相关的事务，他都随时会来，我们一边工作，一边向他请教。他经常来到库房，向我们详细讲解书画的来龙去脉，讲授书画鉴定的相关知识，我也乘机将之前观摩书画中遇到的疑难问题向他讨教。他是每问必答，而且借此引申开来，说明一些鉴定书画的道理。他说，每天都能学上一招，每天认识到一个书画家的笔性与风格特点，或者每天熟读一件作品，日积月累，你就很厉害了。记得在库房中，有时候也在他家中或在拍卖行的预展现场，他分别向我详解林良、董其昌、刘墉、铁保、伊秉绶、郑板桥等人及广东一些名家的鉴定技巧，还时常讲一些书画鉴定的陈年往事，如数家珍。他操一口标准京腔，至今言犹在耳，我跟随其学书画鉴定不到十年，但在这段短暂的时光中，我学到了不少书画鉴定的知识。尤为难得的是，我在书画鉴定中遇到的各种问题，都能在他那里找到答案。

对于我来说，很幸运的是，经常有很多南来北往的书画鉴定家或收藏家、美术史学者驻足广州，我便有很多机会直接或间接向他们学习、讨教。记得先后到过广东的有北京的启功、朱家溍、施安昌，沈阳的杨仁恺，美国的王己千，台湾的傅申，香港的刘作筹、黄君实、饶宗颐等。

他们都在各自的鉴定和收藏领域有着丰富的实战经验。我从朱家溍、施安昌那里学到碑帖鉴藏的一些知识，从杨仁恺那里了解到清宫流散文物的情况。后者还对广东省博物馆所藏海瑞款的书法手卷有自己独到见解，认为无论从笔性还是气息、书风、纸张等方面都应该是真迹无疑，还建议我写文章研究，他可以推荐到《文物》杂志发表。王己千对广东省博物馆所藏宋元绘画一一观摩鉴定，傅申则借傅山书画展览之际谈其研究明末清初书画的心得，刘作筹对明清书画的收藏与鉴定颇有独到之处，黄君实对宋元书画的鉴定与收藏极有建树，我多次在广州、香港、北京等地与他见面，他几乎每次都谈其宋元绘画的鉴定问题，认为不要被少数人的观点所左右。饶宗颐对我详解元人书菩提叶经文的鉴定与史料价值，并鼓励我坚持绘画创作，不要拜师某一家受其局限，而要私淑多家，并与写生相结合，形成自己学者绘画的特色，千万不要受别人画风或说辞所影响。当然，还有不少海内外的专家学者，或一些名人后裔，都曾到博物馆观赏书画。见贤思齐，我从他们那里学到不少书画鉴定或美术史研究的方法，受到很大的启发。

除了这种"守株待兔"式的求教外，在博物馆中还有很多的外出学习或鉴定的机会。我先后在1994年和1997年参加国家文物局举办的"全国书画鉴定高级研讨班"和"书画鉴定培训班"。前者是在北京故宫博物院举行，是为配合当时举办的书画真赝对比展览而举行的，是规格最高的一次书画鉴定研讨班。主办单位把全国各地博物馆收藏的存疑作品和对应的真迹放在一起，给大家观赏、鉴别，还有名家上课。当时上课的名家有启功、徐邦达、刘九庵、傅熹年，收获极大。后者是在扬州培训中心举行，虽然上课的书画鉴定名家不多，但在两个多月的学习中，有机会到扬州、镇江、泰州、无锡、常熟、常州、上海等地，饱览了当地公私所藏名家翰墨。

2000 年，我们到香港接收了一批私人捐赠的宋元明清书画。为了让这些作品（尤其是宋元书画）的真伪得到确认，我们特地将作品带往北京，与苏庚春一道前往徐邦达寓所，对作品进行逐一鉴定。两位德高望重的老专家对南宋夏圭款的山水、马远款的猴子分别作了鉴定，认为均为后添款，前者为宋代作品，后者为元朝作品。虽然两件作品并非画家本款作品，但因系宋元作品，也弥足珍贵。还有一些诸如清朝黄慎、闵贞等的数件明清书画，均一一道其真伪及缘由。在两位顶级书画鉴定专家面前，我从他们观看书画的时代气息、作者笔性到墨色、印章、纸张甚至裱工，了解到书画鉴定的必要程序、主要依据和辅助依据，感触良深。

正如苏庚春所说，书画鉴定并无诀窍，一定要多看多记多问，日积月累，自然便会有所成。所谓"多看"，就是要浏览大量的书画真迹，尤其是博物馆、美术馆所藏具有标杆意义的书画，然后再对照一些赝品或存疑作品，找出其真伪的依据。"多记"则是在脑子里要记住大量书画家的姓名、字号、籍贯、年代、书画风格，还有诸如美术史、历史、科举、避讳、服饰、建筑史、装裱、纸张、鉴藏印章等方面的知识，记住的知识点越多，鉴定书画所得出的结论就离真理越近。"多问"则是对遇到的疑虑要及时询问专家或同行，多听听别人的意见，及时把这些问题解决消化。如果能坚持做到这三点，再经过十数年时间的磨炼，不断地总结归纳鉴定书画的知识点，想在书画鉴定方面没有成就都难。

如果说我在书画鉴定中取得了一点点小成绩，或尚能鉴定一些明清以来书画的话，都是与包括苏庚春在内的书画鉴定前辈的传道授业解惑和自己长期以来多看多记多问分不开的。

三

无论是书画鉴定、收藏还是美术史研究，因为早期工作的地缘关系，我的重点都是明清以来广东地区的书画为主。从林良、陈献章、苏仁山、苏六朋、吴荣光、居巢、居廉、康有为、梁启超、高剑父、高奇峰、陈树人、关山月、黎雄才等全国知名的书画家，到钟学、梁孜、黎美周、袁登道、伍瑞隆、汪后来、黎简、谢兰生、陈鉴、何漆园、佃介眉等完全地方性但确有建树的小名家，都在我的研究和关注范围。

与此同时，基于以下缘由，对主流美术圈中的书画也一并关注，有的还是较为深入的研究：一是兴趣所在和关注的学术兴奋点，比如对于陈容、赵孟頫、髡残、担当、恽向、恽寿平、明末清初书法和陈师曾、齐白石、启功、谢稚柳、苏庚春、民国政要和文人书法的研究。二是因策划展览需要，为配合展览、出版学术图录而做的研究，如对明清花鸟画和人物画演变的考察，对张大千、溥心畲的研究。三是应各种学术研讨会的邀请，结合自己的兴趣而做的研究，如对吴伟、祝枝山、顾见龙、徐渭、陈道复、

"小四王"、吴昌硕、俞剑华、黄宾虹的重点关注与考察等。2008 年进入中国艺术研究院攻读在职博士学位，从事明清美术研究的博士课程学习，并以"恽寿平家族研究"为主题撰写博士论文。自此以后，研究重点则完全由区域美术转向主流美术。

区域美术是主流美术中水乳交融的一部分。二者既有包含关系，也有交接、融合关系。从区域到主流，在主流中兼顾区域，在区域中窥测主流，是我美术史研究与书画鉴定中相互交织、循环往复的课题。

后　记

　　近日读张中行《负暄琐话》，见到有这样一句话："虽然千万万人争着去倚市门，上天却没有断读书种子。"这句话约写于上世纪八九十年代。现在的情况是，"倚市门"的人更多，但读书的种子仍然绵延不绝。这实在是一件令人无奈但却又稍感慰藉的事。当读到"书蠹丛书"中诸位大方之家的"小书"时，这种慰藉变成了欣喜和兴奋。既为作者娓娓道来的文风及甘居闹市而能独立思考的"另类"钦佩，也为以文珍为主导的编者们的细心与耐心及眼光所折服。但更让人有些惊喜的是，我的这本小册子也进入该丛书中。遂在欣喜与惶恐之余，认真细致地挑选文章与选定主题。

我的本行是书画鉴定与美术史研究，偶尔也画些小画，但都是前者的延伸。在长篇大论的学术论文之外，我更喜欢写一些和专业有关的小文章。这些文章，有的是书画鉴定中对某些作品或书画家有感而发，但又不足以展开深入探讨；有的则是在撰写学术论文之外，尚有言犹未尽之处。于是，便有了这本小册子。

　　这些文章，大约都是迁居北京后在景山旁之梧轩写就，或在原有旧文章基础上修订而成，记录了一段学术历程。它们都是因艺术而结缘，又因艺术而成文，因而不揣谫陋，袭清人张维屏《艺谈录》和今人钱锺书《谈艺录》之例，故名。

　　源于惯例，也是缘于实情，要对文珍及其编辑团队说一声感谢。没有他们的辛勤劳作，这些文章仍然会散落于各处。

朱万章

二〇一六年五月三日于京广旅途中

书虫 丛书（第一辑）

比竹小品　　　　　　止　庵　著

远古的纸草　　　　　张冠生　著

春明读书记　　　　　赵国忠　著

书呆温梦录　　　　　谢其章　著

广风月谈　　　　　　胡文辉　著

民国有个绍兴帮　　　孙昌建　著

书边恩仇录　　　　　胡文辉　著

文人的闲话　　　　　何　频　著

故纸寒香　　　　　　梁基永　著

搜书劄记　　　　　　谢其章　著

猎书的踪迹　　　　　柯卫东　著

天下至艳　　　　　　梁基永　著

反读书记　　　　　　胡文辉　著

鲁迅藏画录　　　　　孙　郁　著

灯下艺语　　　　　　陈履生　著

经典躺着读（上）　　向阳　文珍　著

经典躺着读（下）　　向阳　文珍　著

读　抄　　　　　　　朱航满　著

梧轩艺谈录　　　　　朱万章　著

书趣文丛（第二辑）

食豆饮水斋闲笔　　汪曾祺　著

犁春居鉴稿　　　　苏庚春　著　朱万章　编